Wir sind nachher wieder da,
wir müssen kurz nach Afrika

Scherz, Oliver
Wir sind nachher wieder da, wir müssen kurz nach Afrika
ISBN 978 3 522 18336 9

Gesamtausstattung: Barbara Scholz
Einbandtypografie: Doris Grüniger, BUCH UND GRAFIK, Zürich
Schrift: Apollo
Satz: KCS GmbH in Stelle/Hamburg
Reproduktion: Photolitho AG, Gossau/Zürich
Druck und Bindung: Livonia Print, Riga
© 2014 Thienemann in der Thienemann-Esslinger Verlag GmbH, Stuttgart
26. Auflage 2018

www.thienemann.de
www.oliverscherz-autor.de

OLIVER SCHERZ

Wir sind nachher wieder da, wir müssen kurz nach Afrika

ILLUSTRIERT VON
BARBARA SCHOLZ

Thienemann

Für Angela, Juli und Michel

Inhalt

Einem Riesen in Not
muss man helfen

Es stürmt hinter dem Fenster. Der Wind weht Blätter und Wolken vor den Mond. So kann man gut schlafen, denkt Joscha in seiner Federburg auf seinem Bett. Nur sein Kopf schaut aus der Decke zwischen weichen, großen Kissen heraus.

An der Wand sind Schatten von Ästen, die sich biegen und beugen. Manchmal krümmt sich der ganze Baum im Mondlicht hinter dem Fenster.

»Schläfst du schon?«, flüstert Joscha.

»Nein«, flüstert Marie. Sie sieht nichts von den Schatten an der Wand. Sie hört nur ihren Atem unter der Bettdecke. Auf der Bettdecke blühen bunte Blumen. Sie ist ein Maulwurf und über ihr duftet eine Sommerwiese.

»Wann kommen Mama und Papa wieder?«, fragt sie und gräbt ihre Nase aus der Wiese.

»Nachher«, sagt Joscha.

»Das ist zu spät«, flüstert Marie.

An Eltern, die weg sind, hat sie sich noch nicht gewöhnt. Joscha schon. Er ist ein ziemlich großer Bruder unter seiner Decke, allein mit der Schwester, ganz ohne die Eltern.

Über die Wand mit den Schatten fliegt eine Wolke oder ein windiger Tiger. Joscha pustet ihn einfach davon.

»Ich kann nicht schlafen«, sagt Marie. »So alleine.«

»Alleine?«, fragt Joscha. »Du musst nur auf die Wand gucken. Da fliegt zum Beispiel ein Schnabeltier. Und da kriecht eine Astschlange. Pass auf! Dich beißt ein Nagelbeißer!«

»Was?!«, kreischt Marie und verschwindet in ihrer Höhle.

Selbst Joscha kriegt vor lauter Schatten plötzlich eine Gänsehaut, auch wenn er findet, dass er für Gänsehaut schon viel zu alt ist. Er lacht ein bisschen über Marie, damit das Heulen des Windes lustiger klingt.

»Marie ist ein ängstlicher

Maulwurf«, sagt er und zuckt bis zu den Zehen zusammen, als es plötzlich ans Fenster klopft.

Hat es da wirklich ans Fenster geklopft?

Joscha hört auf zu atmen. Marie atmet auch nicht mehr.

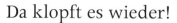

Da klopft es wieder!

»Joscha!«, flüstert Marie so leise, dass man sie kaum hört. »Klopft da jemand ans Fenster?!«

Joscha schielt zur Wand mit den Schatten: Sie ist so dunkel, als hätte ein schwarzer Riese seinen Kopf vor den Mond geschoben.

»Beweg dich nicht, Marie!«

»Wer ist das, Joscha?«

»Das muss ein Riese sein.«

»Ein Riese?!«, stammelt Marie.

»Sonst kann hier keiner ans Fenster klopfen. Wir sind doch viel zu hoch«, flüstert Joscha.

Und in der Tat: Wenn Joscha den Stoffhund durchs Fenster zu Marie in den Garten abseilt, braucht er den Schal seines Vaters, geknotet an den Schal seiner Mutter, und den von sich selbst und den von Marie.

»Was will der Riese von uns?«, zischt Marie.

Da klopft es schon wieder.

»Hilfe!«, ruft eine Stimme so tief, dass die Fensterscheibe erzittert.

»Was machen wir jetzt?!«, schreit Marie unter der Decke.

»Ich weiß nicht!«, stammelt Joscha.

»Hilfe!«, ruft es wieder vor dem Fenster.

»Vielleicht ist ihm ein Ast auf den Kopf gefallen!«, flüstert Marie.

»Riesen fällt nichts auf den Kopf. Sie sind größer als alles andere«, sagt Joscha tonlos.

Größer als alles andere …, denkt Marie und versucht, sich das vorzustellen.

Joscha blinzelt heimlich zum Fenster. Statt Mondlicht und dem Baum wie sonst sieht er nichts als graues Grau. Und mitten aus dem grauen Grau schaut ein kleines Auge direkt zu ihm aufs Bett.

11

»Rieriese!«, stottert Joscha.

»Siehst du ihn?!«, fragt Marie.

»Er siesieht uns!« Das Auge behält Joscha fest im Blick.

»Helft mir! Ich muss mich verstecken!«, ruft die tiefe Stimme. Verstecken? Hier? Joscha traut seinen Ohren nicht. Aber wie widerspricht man einem Riesen?

»Rieriese, ich kakann dir nur einen Bademantel geben. Gegen den Sturm«, ruft Joscha dem Auge entgegen. »Dafür tust du uns nichts.« Joscha steht zitternd auf. »Marie, wir schenken ihm deinen Bademantel. Wir legen ihn unten vor die Tür.«

»Du kannst ihm doch nicht die Tür aufmachen?!«, schreit Marie.

»Wenn man Riesen nicht hilft, wird ihre Wut noch größer als sie selbst. Außerdem ist die Tür längst wieder zu, bis er sich gebückt hat.« Joscha rennt zum Badezimmer.

»Lass mich nicht mit ihm alleine!«, schreit Marie. Sie wirft ihre Bettdecke zur Seite und springt Joscha hinterher.

Mit Maries Bademantel laufen sie die Treppe hinab. Das Wohnzimmer wirkt gar nicht gemütlich ohne Licht in der Nacht. Der Sessel hockt dunkel in der Ecke, die Bücherregale stehen wie schwarze Türme an der Wand.

»Du machst die Tür zum Garten auf. Ich werf den Bademantel raus. Dann schmeißt du die Tür wieder zu!«, schärft Joscha Marie ein. »Verstehst du?!«

»Ja!«, flüstert Marie und fragt sich, ob das eine gute Idee ist.

»Jetzt!«, schreit Joscha.

Marie reißt die Tür auf: Der Sturm stürmt herein und bläst mit all seiner Kraft den Bademantel in Joschas Gesicht.

»Tüüüüür soofooort wiiiieder zuuuuu!«, brüllt Joscha, dem der Bademantel laut um die Ohren flattert.

Marie schiebt und drückt gegen die Tür, aber ihre Arme sind schwächer als der Wind. »Ich kaaaann niiicht!«, schreit sie.

Vor der Tür sieht Marie zwei riesige Füße. Oder sind es vier?! »Joschaaaa! Er hat vieer Füße! Und er bückt sich!«

Der Sturm fegt stürmisch durchs Wohnzimmer und schiebt Zeitungen und Blumenvasen, sogar Stühle vor sich her. Joscha kämpft mit dem Bademantel.

»Joschaaaa! Der Riiiese … er … er will reinkommen!«, schreit Marie.

Und plötzlich ist der Sturm vorbei. Joscha wirft den Bademantel zu Boden und glaubt nicht, was er sieht: In der Tür steckt wie ein Flaschenkorken ein dicker, grauer Kopf. Und aus dem Kopf wächst lang und breit ein riesenhafter Rüssel. Wenn Joscha sich nicht täuscht, ist das, was in der Tür steckt, ein wahrer Elefantenriese.

»Bist du ein echter Elefant?!«, ruft Joscha.

»Ja«, brummt der Elefant mit seiner tiefen Stimme.

»Elefanten gibt's im Zoo. Sonst nicht«, behauptet Marie, die Elefanten lieber hat als Riesen.

»Das ist ja das Problem!«, sagt der Elefant. »Im Zoo gibt's mich nicht mehr.« Er wischt sich mit dem Rüssel Blätter und Regen aus der Stirn. »Der Sturm hat meinen Zaun eingerissen. Ich habe etwas nachgeholfen. Jetzt bin ich auf der Flucht. Die Feuerwehr sucht mich, die Polizei sucht mich. Alle suchen sie mich. Ihr müsst mich verstecken!«

Joscha schaut fragend zu Marie. Einem Elefanten in Not muss man helfen, denkt er. Aber wie?

»Wir könnten ihm die Schiebetür zur Terrasse auf-machen«, schlägt Joscha vor. »Hier drinnen sieht ihn keiner.«

»Vielleicht ist das eine gute Idee«, flüstert Marie.

So kommt es, dass sich der Elefant durch die große Schiebetür in das Wohnzimmer zwängt. Erst den Kopf, dann Rücken und Bauch und ganz zuletzt den breiten Hintern. Da steht er nun, der Elefant. Sein Kopf stößt an die Decke, sein Po an die Wand, sein Rüssel biegt und krümmt sich. Joscha und Marie wird flau zumute. Was kann man einem Elefanten anbieten, der heimlich bei einem zu Gast ist?

»Möchtest du einen heißen Kakao trinken?«, fragt Marie.

»Nein danke«, sagt der Elefant. »Aber darf ich mich setzen? Es ist ein wenig niedrig hier.«

Joscha nickt langsam. Also lässt der Elefant seinen Elefantenhintern auf dem Sofa nieder, dass es nur so kracht.

»Ich danke euch«, sagt er. Er steckt den Rüssel in die Blumenvase und schlürft sie in einem Zug aus.

»So!«, sagt er. »Ich muss nach Afrika.«

»Nach Afrika?!«, ruft Joscha.

»Wo ist das?«, fragt Marie.

»Woher soll ich das wissen?«, sagt der Elefant, denn er kennt nur den Zoo. »Ich bin meinem Rüssel gefolgt und hier bin ich gelandet.« Er steckt sich die Blumen aus der Vase in den Mund und schluckt sie im Ganzen hinunter. »Oh, ich habe eine Sehnsucht in mir«, brummt er ganz sehnsüchtig. »Ich rieche die Sonne und die Savanne. Wenn ihr versteht, was ich meine.«

Joscha und Marie schütteln den Kopf.

»Ich habe eine große Familie. Eine große Großfamilie. Und obwohl meine Familie so groß ist, habe ich sie noch nie gesehen.« Er wischt sich den Mund mit der Tischdecke ab. Ein bisschen Höflichkeit muss sein.

»Wir haben keine Zeit zu verlieren. Ich muss zu meiner Familie«, sagt er und wendet sich an Joscha: »Wo genau ist Afrika?«

»Im Süden«, sagt Joscha. Er holt den Globus, der hinten im Wohnzimmer steht, und knipst das Licht in ihm an. Der Globus leuchtet blau und grün-braun-gelb.

Wie um ein Lagerfeuer sitzen sie im Dunkeln um den Erdball herum.

»Hier leben *wir*«, sagt Joscha. »Und da ist Afrika.«

»Gut«, sagt der Elefant. »Das ist nicht weit.« Er dreht die Erde mit dem Rüssel gleich zweimal um sich selbst. »Ihr verkleidet mich, dann gehen wir los.«

»Wir?!«, fragt Joscha.

»Natürlich wir! Ihr kommt mit! Du kennst dich mit der Welt aus, wie ich sehe. Und du …«, der Elefant zeigt auf Marie, »… kennst sie so wenig wie ich. Das ist mir sehr sympathisch.«

»Aber wir schlafen eigentlich längst«, sagt Marie.

»Ich finde, ihr seht wach aus«, sagt der Elefant und legt sich die Tischdecke auf den Kopf. »Ihr müsst mich noch verkleiden. Sonst entdeckt man mich.«

Joscha läuft in den Keller und kehrt mit Eimern voll Farbe zurück.

»Wir malen dich so an, dass du aussiehst wie eine Hauswand mit Gebüsch«, schlägt er vor.

»Auch gut«, sagt der Elefant.

»Marie, hol schon mal den Rucksack. Wir müssen gleich los«, sagt Joscha.

»Aber Mama und Papa …« Marie zögert.

»Wir schreiben ihnen einen Brief.«

Und so kommt es, dass der Elefant als Hauswand mit Gebüsch nach draußen in den Garten tritt.

Das Wohnzimmer ist bunt bespritzt wie nach der größten Farbenschlacht. Da trifft es sich ganz gut, dass man nach Afrika aufbricht.

Joscha packt auch den Globus in den Rucksack und Marie steckt zwei Äpfel und Kekse dazu. Sie legen einen Zettel auf den Tisch, dann schließen sie hinter sich die Tür.

Wir sind nachher wieder da. Wir müssen kurz nach Afrika, steht auf dem Zettel geschrieben.

Abuu

Zum Glück gibt es in einer Stadt genügend graue Hauswände, vor denen ein Gebüsch wächst. Ist die Polizei zu sehen oder mal die Feuerwehr, wird der Elefant zur Wand. Er steht ganz still und atmet nicht, weil Hauswände nicht atmen. Und Polizei und Feuerwehr rauschen einfach vorbei.

So folgen die drei der langen Straße Stück für Stück bis zum Ende der Stadt. Am Ende der Stadt teilt sich die Straße. Es geht nach links oder nach rechts.

»Ist Süden links?«, fragt Marie.

»Süden ist unten«, sagt Joscha. Doch weit und breit führt nichts nach unten. Nur das Loch einer Maus.

»Das haben wir gleich«, sagt der Elefant und saugt die Maus aus ihrem Loch. »Geht es da unten nach Süden?«, fragt er.

Die Maus reibt sich die Augen. Unten ist ihr Bett. Oben ist der Himmel. Neben ihr steht ein Kornfeld. Mehr weiß sie nicht von der Welt.

»Im Süden gibt es einen Himmel. Und besonders viel Korn«, sagt sie deshalb, um irgendetwas zu sagen.

»So?«, brummt der Elefant und hält sich die Maus genau vors Auge. »Und wo soll der Süden bitteschön sein?«

»Der Süden ist hinter den hohen Steinen«, sagt die Maus und zeigt auf das Gebirge, das steil in den Nachthimmel wächst. Denn wer über die hohen Steine geht, kommt so schnell nicht zurück. Das hofft sie jedenfalls beim Anblick ihrer seltsamen Gäste.

»Klingt gut!«, sagt der Elefant. »Dein Kopf ist klein, aber es steckt etwas darin. Zumindest weißt du mehr als wir. Entschuldige die Störung.« Mit diesen Worten bläst er die Maus so kräftig in ihr Loch zurück, dass sie aus dem Hinterausgang gleich wieder herausfliegt und piepsend im Kornfeld verschwindet.

»Ich rieche Savannenwind!«, ruft der Elefant und reckt seinen Rüssel hoch in den Himmel.

Dann marschiert er den Bergen entgegen. Auf ihren Gipfeln glänzt der Schnee im kalten Licht des Mondes. Marie schaut besorgt zu den Schneegipfeln hinauf.

»Ich habe meine Mütze nicht dabei …«, sagt sie zögernd.

Joscha wühlt im Rucksack: Außer einem Paar dicker Socken hat er fürs heiße Afrika nichts Warmes eingepackt.

»Was ist?«, ruft der Elefant, als er sich umdreht. »Habt ihr zu kurze Beine?« Er stampft wieder zurück. »Dann haltet euch gut fest.« Er schlingt den Rüssel um Joscha und Marie und setzt sich die beiden auf seinen Rücken.

»Wir brechen auf!«, trompetet er. »Die Reise kann beginnen!«

Hoch auf dem Elefantenrücken kann man weit über die Felder sehen. Ja, so hoch oben sieht die Welt noch weiter aus als sonst.

»Wie heißt du eigentlich?«, fragt Joscha den Elefanten, als er sich an das Wippen und Schaukeln gewöhnt hat.

»Im Zoo war mein Name Bodo. Aber meine Mutter hat mich Abuu genannt.« Abuu spricht seinen Namen mit einem sehnsüchtig langen »U« aus.

»Abuuuuu …«, flüstert Marie.

»Wo ist denn deine Mutter? Wollte sie nicht mitkommen?«, fragt Joscha.

Da schweigt Abuu für einen Moment. »Meine Mutter hatte ein trauriges Herz«, sagt er dann. »Sie ist in Afrika geboren. Sie kam ganz alleine in den Zoo. Ohne ihre Eltern. Sie kannte die Savanne und den roten Horizont.

Im Zoo gibt es keinen Horizont und eine Savanne schon gar nicht. Deshalb wollte meine Mutter eines Tages nichts mehr fressen. Und auch ein großer Elefant wird klein und kleiner, wenn er nichts frisst. Auf einmal war sie dann gar nicht mehr da.«

»Auf einmal nicht mehr da …«, flüstert Marie.

»Wieso ist sie ohne ihre Eltern in den Zoo gekommen? Was ist mit ihnen passiert?«, fragt Joscha.

»Die Menschen haben ihren Eltern die Stoßzähne ge-klaut«, sagt Abuu und zieht den Rüssel ein. »Und das

24

lässt kein lebender Elefant jemals mit sich machen. Wenn ihr versteht, was ich meine.«

Joscha versteht und Marie hält sich an ihren Zöpfen fest. »Kein lebender Elefant …«, wiederholt sie langsam.

Joscha fragt sich, wie es wohl ist, seine Eltern zu verlieren und ohne sie im Zoo zu sitzen. Marie versteht das alles nicht.

»Warum haben die Menschen die Stoßzähne geklaut?«, fragt sie wütend.

»Man sagt, sie schnitzen Elefanten daraus. Elfenbein-Elefanten«, sagt Abuu.

Das versteht Marie erst recht nicht. Wieso klaut man einem Elefanten einen Zahn, um einen Elefanten daraus zu schnitzen?

»Ist Afrika ein gemeines Land?«, fragt sie.

»Oh nein!«, sagt Abuu. »Afrika ist der schönste Kontinent, den ich nicht kenne. Er hat kein Anfang und Ende. ›Die Savanne ist unendlich weit und geht direkt in den Himmel über‹, hat meine Mutter gesagt. Es gibt Büffelherden. Die grasen bis zum Horizont. Die Flüsse sind so lang, dass man nicht weiß, wo sie enden. Und es gibt Elefanten!«

»Und Flusspferde!«, sagt Joscha.

»Und Flusspferde!«, bestätigt Abuu.

»Und Sterne?«, fragt Marie. Sterne mag sie besonders, weil sie jedem gehören. Tieren und Menschen und Pflanzen.

»Oh ja!«, ruft Abuu. »Es sollen so viele sein, dass sie dir nachts vor die Füße fallen.«

Das gefällt Marie. Sie schaut in den Himmel. Ein bisschen hat sie schon vergessen, dass sie eigentlich im Bett liegen sollte.

»Wann sind wir denn in Afrika?«, fragt sie ihren großen Bruder.

»Nachher. Nach den
Bergen«, sagt Joscha.

Marie dreht sich um. In der Ferne leuchten die Lichter
der Stadt. Aber für Heimweh ist es zu früh, sagt sie sich,
auch wenn die bunten Lichter sehr heimelig aussehen.
Sie lehnt ihren Kopf an Joschas Schulter.

Und während Marie an fallende Sterne denkt und Joscha an dicke Flusspferde, schaukeln sie auf Abuus Rücken in einen festen Schlaf.

27

Geschwister in den Bergen

Als sie wieder aufwachen, stapft Abuu schon im tiefen Schnee mitten durch eine Wolke. Er hat Joscha und Marie ins Stroh der letzten Felder gehüllt und über ihren Köpfen liegt schützend sein warmer Rüssel.

»Wo sind wir?«, fragt Marie schläfrig und klammert sich an Joscha fest.

»In einer Wolke!«, sagt Joscha.

So hoch wie eine Wolke ist Marie noch nie gewesen. Es ist eine dichte Wolke, findet sie. Und die ist kalt wie Schnee.

»Abuu! Frierst du nicht?!«, fragt sie.

»Ich mache mir warme Gedanken. Das reicht«, meint Abuu, der an den Savannenwind denkt. Und an die flirrende Hitze und die roten Flammenbäume, die in der Savanne wachsen.

»Kannst du den Weg denn sehen?«, fragt Joscha.

»Ein echter Elefant findet seinen Weg auch blind«, sagt Abuu.

Er hat den Satz kaum ausgesprochen, da stößt er im dicken Wolkennebel mit einem Bären zusammen. Der Bär hat eine Narbe auf der Nase und sein Fell ist struppig. Sein Blick ist gefährlich und seine Zähne sind gelb. Joscha nimmt Marie bei der Hand.

»Keine Angst. Ich kenne Bären«, sagt Abuu. Denn er kennt Bernhard. Bernhard wohnt im Bärenhaus im Zoo. Neben dem Elefantengehege.

»Bären sind meine Freunde!«, begrüßt Abuu den Bären. Aber der Bär brüllt ein gewaltiges Brüllen, das von den Bergwänden widerhallt.

»Was für ein Rüssler bist du?!«, brüllt der Bär und stellt sich auf die Hinterbeine. Jetzt ist er so groß wie Abuu.

»Ich bin Bodo. Aber mein richtiger Name ist Abuu«, sagt Abuu.

»Nie von dir gehört!«, brüllt der Bär.

»Ich bin ein Freund von Bernhard dem Bären«, ruft Abuu. »Er ist überall beliebt!«

»Ich kenne keinen Bernhard«, mault der Bär und lustige Faxen wie Bernhard im Zoo macht dieser Bär schon gar nicht. Er zeigt mit einer langen Kralle auf Joscha und Marie. »Wen hast du da bei dir?«

»Ich bin Joscha …«, sagt Joscha mit zitternder Stimme. »Und hinter mir sitzt Marie.« Joscha macht sich breit, um Marie vor den Blicken des Bären zu schützen.

»Was seid ihr?«, fragt der Bär argwöhnisch. »Stroh-Affen?«

»Wir sind Geschwister«, stammelt Marie hinter Joschas Rücken.

Der Bär hat schon vieles gesehen. Wölfe, Adler, Bienenstämme. Von Affen hat er einmal gehört. Geschwister aber sind ihm neu.

»Sind Bären und Geschwister Feinde?«, fragt er und droht mit seinen kräftigen Pranken.

»Nein!«, ruft Marie. »Ich habe sogar zwei Bären im Bett! Und manchmal baue ich ihnen eine Höhle.« Sie denkt an ihre Bettdecken-Höhle, auf der die bunten Blumen blühen. Jetzt würde sie gern selbst unter der Decke liegen.

»Ich lebe auch in einer Höhle«, brummt der Bär. »Dahinten.« Er zeigt in den Nebel. Dann mustert er Joscha und Marie und lässt die Pranken sinken. »Ich kann euch etwas zu trinken geben. Wenn ihr durstig seid«, schlägt er vor.

Vielleicht sagt er das, weil Geschwister so leichtsinnig sind und Bären mit zu sich ins Bett nehmen und es deshalb ein Leichtes wäre, sie in der Höhle zu verspeisen.

Vielleicht sagt er es aber auch, weil es in den kargen Bergen ziemlich einsam ist.

»Gute Idee!«, findet Abuu, denn gegen einen heißen Kakao hätte er jetzt nichts einzuwenden. Und ein bisschen mehr Gastfreundlichkeit täte dem Bären ganz gut, findet er. So folgt er dem Bären mit Joscha und Marie bis in die dunkle Höhle.

Marie hat sich eine echte Bärenhöhle etwas anders vorgestellt. Mit weichem Moos auf dem Fußboden und einer Honigpflanze in der Mitte. Hier aber tropft das Wasser von der Decke und der Boden ist hart und steinig.

Joscha klatscht in die Hände. Die Höhle ist so groß, dass sein Klatschen tief in den Berg hineinhallt. An den Wänden sind Zeichnungen von kämpfenden Mammuts und großmäuligen Säbelzahntigern. Und auf dem Boden liegen lauter Knochen.

»Ich trinke einen heißen Kakao«, sagt Abuu.

»Ich habe nur geschmolzenen Schnee«, brummt der Bär und lutscht an einem tropfenden Stein, der spitz wie ein Dolch von der Decke herabhängt.

Vielleicht gibt es wenigstens Butterblumen oder Früchte zum geschmolzenen Schnee dazu, hofft Abuu. Das Leben in den Bergen macht einen ziemlich ungemütlichen Eindruck auf ihn und er fragt sich, wer hier wohl am Morgen das Frühstück bringt.

Der Bär kauert sich in eine Ecke und kratzt mit seinen Krallen auf dem kalten Fels herum. Er sieht plötzlich nicht mehr so unheimlich aus, dafür aber unheimlich müde.

»Hältst du hier deinen Winterschlaf?«, fragt Joscha.

»Würde ich gern«, brummt der Bär missmutig. »Aber ich kann nicht.«

»Wieso nicht?«, fragt Marie.

»Wenn man ganz alleine ist, schläft man nicht gut ein …«, sagt der einsame Bär, und Marie versteht ihn gut. »Ich habe Angst, dass ich den Frühling verschlafe, weil mich niemand weckt. Und ich habe Angst, dass mich niemand tröstet, wenn ich einen Albtraum habe. Leben Geschwister immer zusammen?«

»Ja«, antworten Joscha und Marie gleichzeitig. Sie machen fast alles gemeinsam. Ein Leben ohne einander können sie sich gar nicht vorstellen.

»Bären leben alleine«, sagt der Bär, ohne zu wissen, warum das so ist. Er fragt sich, wie es wohl wäre, nicht alleine zu sein. Man könnte sich gegenseitig wärmen. Oder zu zweit aus der Höhle gucken. »Was machen Geschwister den ganzen Tag zusammen?«, fragt er.

»Wir laufen zum See und angeln mit Schnüren oder fahren auf dem Fahrrad steile Hügel nach unten«, sagt Joscha.

»Oder wir stellen uns vor, dass wir fliegen können oder Wale sind«, fügt Marie hinzu.

»Was fressen Geschwister?«, fragt der Bär und kaut auf den Resten eines Strauches herum.

»Wir mögen beide Nudeln«, antwortet Marie.

»Nudeln …«, wiederholt der Bär. »Und was macht ihr, wenn ihr nicht schlafen könnt?«

»Dann erzählen wir uns Geschichten«, sagt Joscha.

»Worüber?«, fragt der Bär.

»Über alles Mögliche.« Joscha schaut zur Höhlenwand mit den Zeichnungen. »Über Mammuts, zum Beispiel. Oder Säbelzahntiger«, sagt er.

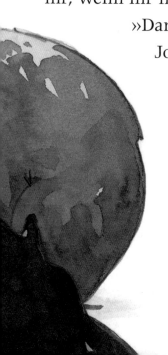

35

Der Bär kratzt sich im Nacken. »Dann erzählt mir eine Geschichte«, brummt er.

Und während er sich ein paar Zweige unter seinen Kopf schiebt, beginnen Joscha und Marie, ihre Geschichte zu erzählen. Sie handelt von einem Elefanten, der mitten in einem starken Sturm plötzlich an ihr Fenster klopft. Und davon, wie der Elefant, als Hauswand mit Gebüsch getarnt, durch die Straßen einer Stadt zieht. Auf seinem Weg nach Süden. Auf seinem Weg nach Afrika.

Abuu ist von der Geschichte begeistert. Er bewundert den kühnen Elefanten, der hoch ins Gebirge steigt. Dass er selbst der Elefant ist, begeistert ihn am meisten. Er stülpt seinen Rüssel über den tropfenden Stein und saugt das Wasser aus dem Berg. Es schmeckt nach Kristallen und Gletscherbach. Je länger die Geschichte dauert, desto wilder kommt Abuu sich vor.

Währenddessen liegt der Bär still auf dem felsigen Boden. Er hört die warmen Stimmen und vergisst darüber, wie kalt es ist. Er vergisst, dass seine Gäste irgendwann auch wieder gehen müssen und ihn verlassen werden. Er vergisst, dass er den Frühling verschlafen könnte, weil ihn niemand weckt. Und er vergisst seine Angst davor, alleine mit seinen Albträumen zu sein. Denn die Geschichte ist zu bunt für dunkle, düstere Träume. Es kommen sogar Bären darin vor, die gemeinsam in Höhlen leben. Und noch bevor Joscha und Marie zu Ende erzählt haben, fallen ihm die Augen zu und er träumt von Geschwistern und Bären und Geschwisterbären und Bärengeschwistern.

Abuu kann das Ende der Geschichte kaum abwarten. Er will nicht länger zuhören. Er will die Geschichte selbst erleben.

»Das ist eine sehr aufregende Geschichte!«, drängt er. »Aber ich bin in einer Aufbruchsstimmung!« Er erhebt sich und stößt mit dem Kopf an die Decke. »Ich denke, wir brechen auf!«

Und so erfinden Joscha und Marie ein schönes Ende für ihre Geschichte und decken den Bären mit ein paar Ästen und trockenen Zweigen zu.

»Schlaf gut …«, flüstern sie.

Dann streicheln sie ihm vorsichtig über sein struppiges Fell und verlassen leise die Höhle.

Ein Gebirge hat zwei Seiten

Kurz darauf reiten sie wieder durch den Schnee bergauf. Sie reiten, bis Abuu mit den Stoßzähnen durch die Wolkendecke stößt und die Spitze des Berges vor ihren Augen auftaucht. Über dem Berg geht die Sonne auf. Fast kann man sie mit dem Rüssel berühren, denkt Abuu. So nah kommt sie ihm vor.

»Der Gipfel des Berges ist in Sicht!«, trompetet er und fragt sich, was wohl hinter dem Gebirge liegt. Auf der anderen Seite. »Festhalten!«, ruft er und stürmt die letzten Felsen hinauf, bis sie die Bergspitze erreichen.

Joscha und Marie halten den Atem an: Sie hätten nicht gedacht, dass es außer diesem Berg noch andere Berge geben könnte, die so hoch und gewaltig sind. Jetzt sehen sie neben sich unzählige weitere hohe Spitzen gezackt und scharf in der Sonne blitzen. Die sind eingepackt in Eis und Schnee und der Wind bläst kalt über sie hinweg. Ein Berg folgt auf den anderen. In einer langen Kette stehen sie nebeneinander und teilen das Land in zwei Hälften: Hinter Joscha und Marie liegt das Fleckchen Erde, aus dem sie kommen. Und vor ihnen, ganz unten, am unteren Ende des Berges, beginnt ein fremdes Land.

»Ist das Afrika?«, staunt Marie.

»Das könnte schon sein …«, glaubt Abuu. »Zumindest fließt da unten ein Fluss, dessen Ende ich nicht sehe.« Er folgt mit seinem sehnsüchtigen Blick den vielen Biegungen des Flusses.

»Lasst uns nach unten rutschen und nachgucken, ob es Afrika ist!«, ruft Joscha.

Vor ihnen liegt die größte Rutschbahn, die sie je gesehen haben: ein breiter, schneebedeckter Hang, der tief in das Tal hinabführt. Abuu braucht nicht lange zu

überlegen. Er setzt sich gleich auf seinen Hintern und streckt den Rüssel Richtung Tal.

»Seid ihr bereit?!«, trompetet er.

»Ja!«, ruft Joscha.

»Ja …«, flüstert Marie.

Dann rutschen sie auf Abuu den eisigen Hang bergab.

»Afrika, wir kommeeeeen!«, jubelt Joscha und Maries Zöpfe fliegen im Wind.

Nein, das hier ist nicht der Hang hinterm Haus, den sie im Winter hinunterrutschen. Es ist der Berg eines wahren Gebirges.

Sie holpern
über eine Buckel-
piste, rasen über einen
Gletscherspalt und dann
durch pulvrigen Tiefschnee.
Joscha fährt freihändig. Marie
hält sich lieber mit beiden Händen an
ihrem Bruder fest. Denn sie werden immer
schneller. Sie überholen sogar Schneehasen
und galoppierende Steinböcke. Als sie die ersten
Bäume erreichen, fliegen sie nur so vorbei.

»Abuu, ich glaube, da vorne wird es noch steiler«,
schreit Joscha und hält sich schnell wieder an Abuu
fest. »Ich glaube, da geht es ziemlich steil bergab. Vielleicht bremsen wir ein bisschen.«

Und da fragt sich Abuu zum ersten Mal, wie er eigentlich bremsen soll. Ja, wie soll ein Elefant bremsen, der
in voller Fahrt einen Hang hinabrauscht?

»Ich weiß nicht wirklich, wie ich bremsen soll ...«,
ruft Abuu. Er rudert mit den vier Füßen hilflos in der
Luft herum, während der Wind immer lauter um seine
großen Ohren pfeift und die drei auf die Kante zurasen,

an der es noch steiler bergab geht. Oder könnte man sogar sagen, dass an der Kante der Berg abbricht?

»Abuuuuu! Ich glaube, da vorne bricht der Berg ab!
Du musst bremseeeeeen! Der Beeeerg briiiiicht aaaaaab!«,
schreit Joscha.

»Ich habe … ich habe gar keinen Halt …«, trompetet
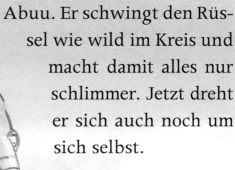
Abuu. Er schwingt den Rüs-
sel wie wild im Kreis und
macht damit alles nur
schlimmer. Jetzt dreht
er sich auch noch um
sich selbst.

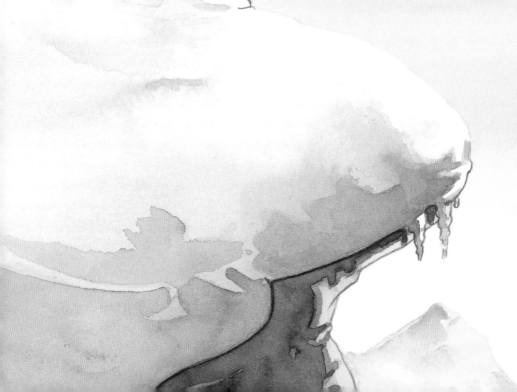

»Die Stoßzähne, Abuuu!«, schreit Joscha. »Brems mit den Stooooßzääääähnen!«

Aber Abuu weiß nicht mehr, wo seine Stoßzähne sind. Alles dreht sich um ihn herum. Mal sieht er den Berg, mal sieht er das Tal, mal sieht er nur noch Schnee.

»Ich kann sie nicht finden …«, brüllt er und schießt im selben Moment über die Kante des Berges hinaus wie über eine Sprungschanze.

»Ooooooooooooh!«, brüllt Abuu, während er durch die Luft fliegt und sich mehrfach überschlägt. Dann landet er kopfüber im Tiefschnee und kugelt donnernd weiter ins Tal.

Und wenn ein Elefant im Tiefschnee donnernd in ein Tal hinabkugelt, wird aus ihm eine Schneekugel, eine

immer größere Schneekugel, die nicht mehr zu stoppen ist. Sie reißt alles mit sich, was ihr im Weg steht. Und wenn ihr ein Baum in die Quere kommt, knickt sie ihn einfach um.

So kommt es, dass Abuu, Joscha und Marie in einer riesigen Schneekugel bis zum Fuß des Berges rollen und weiter ins Land hinein. Sie rollen über Felder und Wiesen und an Bächen und Seen vorbei, bis die Schneekugel langsam in der südlichen Sonne schmilzt.

Als sie sich zum letzten Mal drehen, ist allen dreien schwarz vor Augen.

Ein Fluss ist lang genug für Elefanten-Familiengeschichten

In einer Pfütze geschmolzenen Schnees, kommen Abuu, Joscha und Marie schließlich wieder zu sich.

»Marie, bist du da?«, fragt Joscha.

»Ich glaube schon …«, antwortet Marie. So schwindelig ist ihr noch nie gewesen. Nicht einmal dann, wenn sie sich bis zum Umfallen im Garten um sich selbst gedreht hat.

Abuu schielt auf seine Stoßzähne. »Ich wollte ja bremsen. Ich wollte ja …«, sagt er.

Und weil sie alle drei von oben bis unten nass sind und ziemlich weiche Beine haben, setzen sie sich erst einmal auf einen warmen Stein. Dort trocknen sie in der Sonne und teilen sich einen aufgeweichten Keks. Gegen den flauen

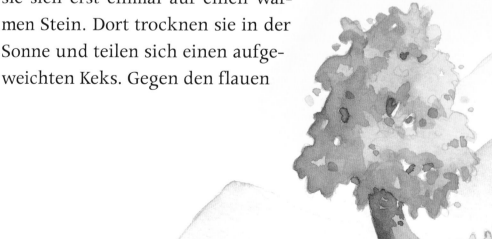

Magen und für die Gemeinsamkeit. Sie sitzen mitten in einem Meer aus blühenden Blumen und Fruchtbäumen, die überall um sie herum wachsen.

»Sind wir jetzt in Afrika?«, fragt Marie ungläubig. Nach Savanne sieht es hier nicht aus.

Abuu trompetet einen Elefantengruß tief ins Land hinein. Aber niemand trompetet zurück.

»Kein Elefant in der Nähe«, sagt er und stellt seine riesigen Ohren auf, damit sich auch die kleinsten Geräusche in ihnen verfangen können.

Aber nicht einmal Affengebrüll ist zu hören. Nur ein paar zirpende Grillen.

»Ich glaube, wir sind nicht in Afrika«, stellt Abuu fest.

»Wo sind wir dann?«, fragt Marie.

Joscha holt den Globus aus dem Rucksack und fährt mit dem Finger über die Länder. »Da kommen wir her …«, sagt er, »… und hier wollen wir hin. Also müssen wir irgendwo dazwischen sein.« Er zeigt auf eine Stelle zwischen dem großen Afrika und ihrem kleinen Zuhause.

»Dann sind wir bald am Meer«, sagt Marie. Denn unterhalb von Joschas Finger wird der Globus blau.

»Genau, Marie«, sagt Joscha und Marie ist stolz auf sich, weil auch sie die Kugel der Welt ein bisschen zu verstehen beginnt. Noch stolzer ist sie auf Joscha. Der weiß, wie man mit Daumen und Zeigefinger die Wege auf der Kugel ausmisst.

»Bis zum Meer ist es höchstens noch ein halbes Land, vielleicht hundert Kilometer oder zwei Stunden, wenn man schnell läuft«, sagt er.

Ja, denkt Marie, mit einem großen Bruder kann man gut durch die Welt ziehen. Sie streckt ihre Beine aus. Sie sind schon fast nicht mehr weich. Zwei Stunden nur noch bis zum Meer. Und das Meer, das mag sie.

Als alle drei wieder
trocken sind, folgen sie einer
Ameisenstraße bis hinunter zum Fluss.
Und weil Flüsse nach unten fließen, fließen
sie nach Süden, erklärt Joscha.

»Wir bauen uns ein Floß«, entscheidet er.

»Woraus denn?«, fragt Marie.

»Aus ganzen Bäumen!«, sagt Joscha. Denn ganze Bäume könnten gerade eben groß genug für Abuu sein.

Also bauen sie mit Abuus Hilfe ein breites Floß aus ganzen Bäumen. Sie verknoten die Stämme mit Schlingpflanzen und stopfen die Ritzen mit Moos aus. Als Flagge dienen Joschas Socken. Sie flattern bunt an einem Stock ganz vorne auf dem Floß im Wind. Zum Schluss baut Joscha aus Schilfrohr und Baumrinde auch noch für jeden ein Paddel.

Als sie das Floß ins Wasser schieben, schwimmt es tatsächlich auf den Wellen. Es schwimmt sogar dann noch, als Abuu es als Letzter vorsichtig besteigt.

Und so nimmt der Fluss sie langsam mit, auf seiner Reise durch das Land. Der Fluss, der kein Ende zu haben scheint. Der Fluss, der lang genug ist für Elefanten-Familiengeschichten.

»Oh, ich freue mich auf meine Familie«, sagt Abuu. »Und auch wenn ich sie noch nicht kenne, von ihr gehört habe ich viel.« Er trinkt einen großen Schluck Flusswasser. »Meine Mutter war die Tochter ihrer Mutter. Und ihre Mutter ist wiederum die Tochter ihrer Mutter, wenn ihr versteht, was ich meine. Ich spreche von meiner Urgroßmutter. Sie ist eine weise Elefantin. Sie ist stark und hat Stoßzähne wie ein Mammut.« Abuu macht eine bedächtige Pause.

Und dann erzählt er die Geschichte, die jeder in seiner Familie kennt und die ihm seine Mutter im

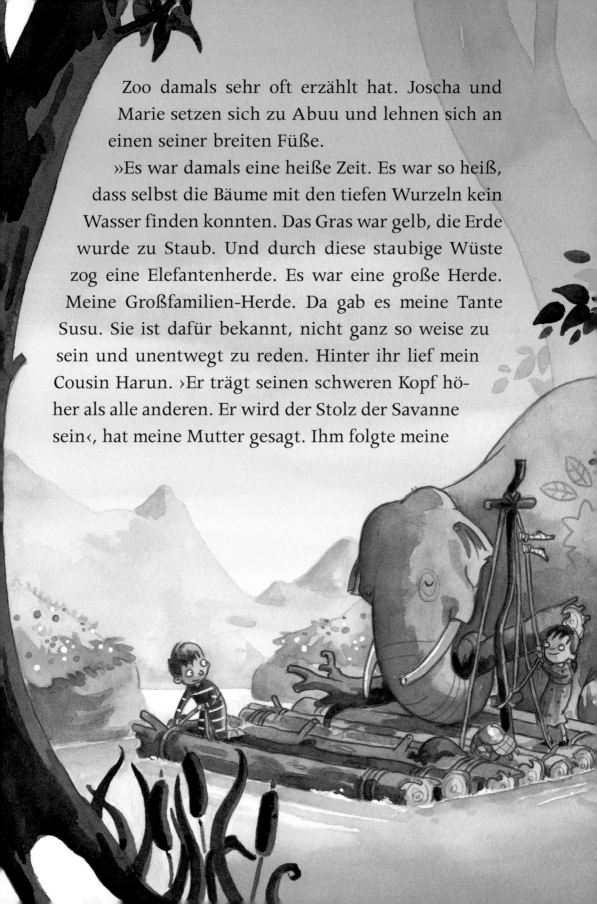

Zoo damals sehr oft erzählt hat. Joscha und Marie setzen sich zu Abuu und lehnen sich an einen seiner breiten Füße.

»Es war damals eine heiße Zeit. Es war so heiß, dass selbst die Bäume mit den tiefen Wurzeln kein Wasser finden konnten. Das Gras war gelb, die Erde wurde zu Staub. Und durch diese staubige Wüste zog eine Elefantenherde. Es war eine große Herde. Meine Großfamilien-Herde. Da gab es meine Tante Susu. Sie ist dafür bekannt, nicht ganz so weise zu sein und unentwegt zu reden. Hinter ihr lief mein Cousin Harun. ›Er trägt seinen schweren Kopf höher als alle anderen. Er wird der Stolz der Savanne sein‹, hat meine Mutter gesagt. Ihm folgte meine

Cousine Adumadan. Ihr schauen sogar die Nashörner nach, weil ihre Haut schön silbern schimmert. Nach ihr kamen die Tanten meiner Tante und die Tanten der Tanten und die Kindeskinder der Tanten der Tanten und so weiter und so fort. Und meine Urgroßmutter hat sie alle geführt. Sie wusste von ihrer eigenen Urgroßmutter, wo man noch Wasser findet. Sie wusste, wo das Gras noch grün war. Aber das wusste nicht nur sie allein. Auch die Löwen kannten die Wege, die zum Wasser führen. Sie kannten die Wege der Elefanten. ›Passt auf die Löwen auf‹, hat meine Urgroßmutter immer gesagt. ›Sie sind gerissen und kennen keine Angst.‹ Und meine Urgroßmutter hatte recht. Die Herde musste durch ein Tal, um zu dem kleinen Fluss zu kommen. Das Tal wurde immer enger. Es wurde so eng, dass die Elefanten an seinem Ende hintereinandergehen mussten. Einer nach dem anderen. Nur so kamen sie zwischen den Felsen hindurch aus dem Tal heraus. Und genau dort haben die Löwen gewartet. Genau dort, wo die Elefanten nicht fliehen konnten, weil rechts und links kein Platz war.« Abuu hört auf zu sprechen.

»Was ist dann passiert?«, fragt Joscha.

»Als meine Urgroßmutter gerade aus dem Tal kam, hat sich der kräftigste Löwe einfach vor ihr aufgebaut. ›Gib uns den schwächsten und kleinsten Elefanten heraus‹, hat der Löwe geraunt. Denn selbst ein kräftiger Löwe mit großem Hunger ist einem starken Elefanten nicht gewachsen. ›Das tut mir leid‹, war die Antwort meiner Urgroßmutter. ›Der kleinste Elefant ist bei uns der stärkste.‹ ›Dann gib uns den ältesten heraus, den ihr nicht mehr braucht‹, hat der Löwe gefordert. ›Ich bin die älteste. Und meine Herde braucht mich.‹ Da hat der Löwe gebrüllt: ›Dann gib uns einen kranken!‹ Meine Urgroßmutter hat sich umgeschaut. ›Der steht in der Mitte‹, hat sie gesagt. ›Wie sollen wir ihn nach vorne holen? Dafür

ist es zu eng.‹« Abuu lächelt zufrieden. »›Dann gib uns irgendeinen! Wir kämpfen mit jedem!‹, hat der Löwe gebrüllt. Er war kaum noch zu halten. ›Wir kämpfen aber mit niemandem. Das haben wir gar nicht nötig‹, hat meine Urgroßmutter gesagt und sich zum Löwen heruntergebeugt. Der Löwe musste einsehen, dass seine eigenen Zähne viel kleiner als die Stoßzähne waren, die plötzlich auf ihn gezeigt haben. Und die Stoßzähne meiner Urgroßmutter sind länger als die eines Mammuts. Habe ich das schon gesagt? ›Du hältst dich wohl für besonders weise …‹, hat der Löwe geknurrt. Mit Weisheit konnte er nichts anfangen. Für Weisheit war er viel zu schnell. Man braucht nämlich Zeit und Ruhe, um wirklich weise zu werden. ›Heute hast du Glück‹, hat der Löwe geknurrt. ›Du hast Glück, dass wir nicht so hungrig sind. Im Grunde haben wir überhaupt keinen Hunger. Aber beim nächsten Mal. Beim nächsten Mal wird unser Hunger groß sein!‹ ›Dann könnt ihr Blätter fressen‹, hat meine Urgroßmutter gesagt. Der Löwe hat sein Maul verzogen und ist rückwärts zu seinem Rudel gekrochen. Nein, Pflanzenfressern war nicht

zu trauen, hat er gedacht. Man kann sie nur fressen. Mehr kann man nicht mit ihnen tun. Man sollte bloß nicht mit ihnen reden. Das führt zu nichts. ›Kommt!‹, hat der Löwe zu den anderen Löwen gebrüllt. ›Heute

haben wir keinen Hunger. Wir gehen etwas trinken.‹ ›Nicht schon wieder trinken‹, haben die Löwen gemault, aber es blieb ihnen nichts anderes übrig.«

Abuu hängt seinen Rüssel in den Fluss und blubbert fröhliche Blasen ins Wasser.

»Ich mag deine Urgroßmutter!«, sagt Marie. »Ich will sie kennenlernen!«

»Das möchte ich auch!«, blubbert Abuu.

»Lebt sie denn noch?«, fragt Joscha.

»Ich hoffe!«, sagt Abuu. »Sie muss schon über sechzig Jahre alt sein. Und das ist für Elefanten sehr viel.«

»Wie alt bist *du* denn?«, fragt Joscha.

»Wenn ich meine Stoßzähne so ansehe, müsste ich ungefähr fünfzehn sein.«

Fünfzehn Jahre. Das ist dreimal so alt wie Marie und doppelt so alt wie Joscha.

»Jedenfalls …«, fährt Abuu nach einer Weile fort, »haben sich die Löwen mit eingezogenen Schwänzen aus dem Staub gemacht. Und meine Familie konnte ungestört aus dem Tal hinausspazieren.«

Nachdem Abuu dann jeden Elefanten, der aus dem Tal herauskam, bei seinem Namen genannt hat und schließlich zu Chililabombwe kommt, seiner Cousine neunzehnten Grades, die eines Tages verloren ging und von der ganzen Herde im ganzen Land gesucht wurde, macht der Fluss eine Kurve und findet doch noch zu seinem Ende. Wie eine breite Schlange biegt er ins blaue Meer.

Meere sind so tief wie Berge hoch

Das Meer ist weit und breit. Joscha und Marie können gar nicht weit genug gucken, so weit und breit ist es. Es riecht nach Salz und Tang und Fischen. Die Wellen plätschern müde ans Floß. Sie haben einen weiten Weg hinter sich. Sie kommen von der anderen Seite des Meeres und bringen von dort eine Flasche ohne Post und ein Stück Netz ohne Fische und die Feder eines grünen Vogels mit. Es sind seltsame Schätze, die Joscha da aus dem Meer fischt.

Abuu hängt seinen Rüssel ins Wasser und treibt das Floß laut blubbernd an. Und weil es ihm nicht schnell genug geht, hält er seine Segelohren zudem in den Wind. So blubbern und segeln sie hinaus aufs Meer und das Land wird immer kleiner.

»Wie tief ist das Meer hier?«, fragt Marie. Sie kennt das Meer nur bis zum Hals. Bis zum Hals hat sie schon einmal auf Zehenspitzen darin gestanden. Hier aber kann man nicht stehen. Es gibt keinen Sandboden mehr und das Wasser ist schwarz-blau.

»Meere sind so tief wie Berge hoch«, sagt Joscha und

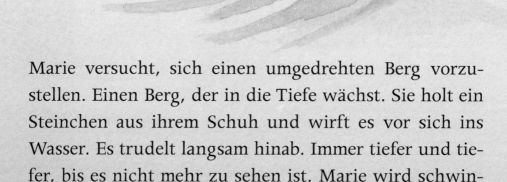

Marie versucht, sich einen umgedrehten Berg vorzustellen. Einen Berg, der in die Tiefe wächst. Sie holt ein Steinchen aus ihrem Schuh und wirft es vor sich ins Wasser. Es trudelt langsam hinab. Immer tiefer und tiefer, bis es nicht mehr zu sehen ist. Marie wird schwindelig.

»Wer lebt da unten?«, fragt sie.

»See-Elefanten zum Beispiel«, sagt Joscha und Abuu hört auf zu blubbern.

»Was für Elefanten?«, fragt er und sucht das Meer ab. Aber es ist kein Elefant zu sehen.

»See-Elefanten«, wiederholt Joscha. »Und es gibt See-Kühe. Und See-Löwen und See-Leoparden!« Joscha beugt sich über das Wasser. In der Tiefe sieht er dunkle

Schatten. Vielleicht sind es Löwen und Leoparden, die sich über den Meeresboden jagen.

»Und wenn Afrika unter Wasser liegt?«, gibt Marie zu bedenken. Warum sollte Afrika nicht irgendwo unten im Meer sein, wenn schon Löwen und Leoparden dort sind?

»Quatsch, Marie. In Afrika gibt es überall Sonne. Aber da unten ist alles schwarz. Es ist dunkler als bei uns in der Nacht. Nur ein paar Fische leuchten. Sonst würde man gar nichts sehen. Dafür hört man Wale singen und Unterwasser-Vulkane brechen aus.«

Je länger und tiefer sie ins Meer schauen, desto wilder kommt ihnen das Leben an seinem Grund vor. Abuu glaubt, See-Elefanten zu sehen, die über das See-Gras galoppieren. Joscha entdeckt kämpfende Schwertwale und einen leuchtenden Tigerhai. Nur Marie sieht nichts. Keine gefährlichen Haie und keine Wale mit Schwertern. Sie hält ihre Augen lieber geschlossen. Das Leben am Meeresboden macht ihr Angst. Es schlägt seine wilden Wellen sogar bis hinauf zum Floß und lässt sie auf ihre Füße schwappen.

An Land wäre ihr wohler. Sie schaut über das Meer zurück. Aber das Land ist nicht mehr in Sicht.

Erst jetzt bemerkt Marie, wie heftig der Wind ihre Haare durchwirbelt. Und sie bemerkt, dass es der Wind ist, der auf dem Wasser Wellen macht. Und der Wind ist es auch, der dunkelgraue Wolken über ihnen zusammentreibt.

Joscha und Abuu sind ganz

ins Meer vertieft und haben keine Augen für die dunklen Wolken.

»Ich glaube, wir kriegen ein Unwetter!«, ruft Marie. »Joscha! Abuu! Wir kriegen ein Unwetter!«

Da merken auch die beiden, dass es besser wäre, nicht länger ins Meer zu schauen. Ja, es wäre längst an der Zeit, sich einen Unterschlupf zu suchen. Aber auf einem einfachen Floß gibt es keinen Unterschlupf.

»Wir müssen zurückrudern!«, ruft Joscha. Doch dafür ist es zu spät. Unaufhaltsam bläst der Wind sie weiter auf das Meer hinaus. Die schweren Wolkenbäuche hängen fast bis zum Floß herab. Es dauert nicht lange, da ist der ganze Himmel schwarz. Und als sie in das erste große Wellental stürzen, hoffen sie alle drei, dass der Sturm nicht noch stärker wird.

Aber ein wahrer Meeressturm nimmt auf niemanden Rücksicht. Auch nicht auf Seefahrer in Seenot. Er türmt die Wellen zu Bergen auf, bis das Floß auf dem Meer schaukelt, als wäre es aus Streichhölzern und nicht aus Baumstämmen gebaut. Und dann lässt er die Wolken platzen wie prall gefüllte Wasserbomben. Es regnet und hagelt und schüttet herab und blitzt und donnert gleichzeitig.

»Wir werden untergehen!«, kreischt Marie.

Die Wellen überschlagen sich und schäumen über das Floß hinweg. Es ist, als würde der Sturm das Meer auf den Kopf stellen wollen. Als hätte er vor, das Unterste zuoberst zu kehren und das Oberste zuunterst. Joscha kann sich gerade noch am Fahnenstock festhalten, als eine Welle vor ihnen aufragt und über dem Floß zusammenbricht.

»Marie!«, schreit er und reibt sich das Salzwasser aus den Augen. »Marie!«

Abuu ist neben ihn gerutscht. Marie ist nicht zu sehen. Was Joscha aber sehr wohl sieht, ist ein feuchtes Wasserwesen. Es wurde von der hohen Welle mitten auf das Floß gespült. Es hat schlaue schmale Schlitzaugen, sein Kopf ist ein Ballon und aus dem Kopf wachsen acht Arme. Joscha reibt sich noch einmal die Augen. Er weiß, was eine Krake ist. Aber diese kommt direkt aus der Tiefsee. Ihre Tentakel sind dicker als die Baumstämme vom Floß, an denen sie sich festsaugt. Sie wechselt wie flackerndes Feuer die Farbe. Mal züngelt es rot die Tentakel hinauf, mal gelb oder bläulich hinab. Und als sie von einem grellen Blitz in helles Licht getaucht wird, entdeckt Joscha plötzlich Marie. Hinter der Krake, auf der anderen Seite.

»Joscha!«, schreit Marie.

Und weil es der Krake einfacher scheint, sich erst um
die kleinste Beute zu kümmern, dreht sie ihren Kopf zu
ihr um.

»Gib mir deinen Arm …«, zischt sie Marie zu.

»Tu das nicht, Marie!«, schreit Joscha.

»Ich zeige dir den Grund des Meeres …«, zischt die
Krake. »Ich zeige dir Regenbogen-Fische und See-Pferd-
chen. Und die Quallen werden für dich tanzen!« Langsam kriecht sie auf Marie zu. »Das Meer wird dir gefallen. Gib mir deinen Arm!«

Marie starrt der Krake in die schlauen Augen und kann

sich vor Schreck nicht regen,
als ein Tentakel nach ihr greift. Doch bevor die Krake
sie umschlingt, umschlingt Abuu die Krake mit seinem
Rüssel und zerrt sie vor seine funkelnden Augen.

»Versuch das mal mit mir!«, ruft er wütend.

»Willst du etwa kämpfen?«, fragt die Krake mit kalter
Stimme.

»Das haben wir Elefanten nicht nötig!«, meint Abuu
und zeigt ihr seine Stoßzähne. Aber Abuu ist noch
längst nicht so weise wie seine weise Urgroßmutter.

Und eine Krake ist kein Löwe. Eine Krake ist so
schlau wie ihr Kopf groß.

»Siehst du diesen Arm?«, fragt sie. »Oder den
hier?« Sie lässt zwei gelbe Tentakelspitzen auf
seiner Stirn herumtanzen.

»Natürlich sehe ich sie!«

»Dann siehst du aber diesen nicht«,

zischt die Krake und legt einen dritten Arm von hinten über Abuus Augen. »Und jetzt siehst du gar nichts mehr, mein Freund!«

Abuu will sich den Krakenarm von den Augen reißen, aber ein weiterer Tentakel hält seinen Rüssel fest. Mit einem fünften zieht sich die Krake elegant an den Stoßzähnen hoch, um sich auf seinen Kopf zu setzen. Und mit dem sechsten packt sie sein Ohr.

»Dann kommst eben *du* mit mir nach unten!«, zischt sie hinein. »Ich zeige dir meine Höhle! Ich zeige dir die Tiefsee!« Und während sie die Farbe wechselt und wie eine Fackel auflodert, erfasst eine weitere Welle das Floß und reißt die Krake mitsamt Abuu in das stürmische Meer.

»Abuuuuuu!«, schreit Joscha entsetzt. Er stürzt an den Rand des Floßes und sucht die Fluten nach Abuu ab.

»Abuuuuuuuuuuuuuuuuu!«, kreischt Marie.

Aber Abuu ist nicht mehr zu sehen.

Und so kommt es, dass Joscha und Marie verloren über die Wellen treiben. Ihr Schluchzen ist kaum zu hören. Es geht im Gebrüll des Sturmes unter. Des Sturmes, der sie über das Meer trägt und der das Floß schließlich doch noch an ein fremdes Ufer schleudert.

Zwei schwere Herzen zusammen schlagen leichter als eines alleine

So schnell wie er gekommen ist, verzieht der Sturm sich wieder. Er lässt Joscha und Marie alleine am Strand zurück und jagt die Wolken aus dem Himmel. Schon bald hat die Sonne genügend Platz, um wieder hell zu strahlen. Doch Joscha und Marie kann sie nicht trösten. Die beiden schauen aufs Meer hinaus, als müsste es Abuu wieder hergeben. Wie sollen sie bloß ohne ihn auskommen? Ohne seine Weisheiten und seine Dummheiten und ohne seinen lieben Blick?

Marie hält sich an Joscha fest und Joscha sich an Marie. Denn zwei schwere Herzen zusammen schlagen leichter als eines alleine.

»Glaubst du, er ist für immer weg?«, fragt Marie.

»Nein«, behauptet Joscha und malt mit seinem großen Zeh Bilder von Abuu in den Sand. Abuu, wie er in

einer Bärenhöhle sitzt, Abuu, wie er einen Berg herun-
terrutscht, Abuu, wie er mit Segelohren auf einem Floß
segelt. So ist er wenigstens ein bisschen bei ihnen.

»Ich will nicht, dass er weg ist«, flüstert Marie.

»Er kommt bestimmt wieder«, redet Joscha sich ein.
Noch nie ist jemand einfach so aus seinem Leben verschwunden. Es fühlt sich an, als wäre er selbst nicht
mehr ganz da.

»Und wenn nicht?«, fragt Marie. »Wenn er nicht zurückkommt?«

»Wenn nicht …«, sagt Joscha und räuspert sich, damit
seine Stimme vor Marie nicht so traurig klingt, »wenn

nicht, dann gehen wir alleine zu seiner Familie und erzählen ihr von Abuu. Wir sagen seiner Urgroßmutter und Harun und Susu, dass er auf dem Weg zu ihnen war. Wir sagen ihnen, dass er aus dem Zoo ausgebrochen ist, nur um sie zu sehen.«

Aber als Joscha den Globus in seinen Händen dreht, findet er sich mit all den Linien und Ländern und Farben nicht mehr zurecht. Er kann Marie nicht sagen, in welchem Land sie gerade sind. Ganz ohne Abuu an seiner Seite kennt er sich mit der Welt nicht mehr aus.

»Was sollen wir denn jetzt machen?«, fragt Marie.

»Wir werden auf ihn warten«, schlägt Joscha vor, weil

er findet, dass es das Mindeste ist, was sie für ihren Freund tun können.

Und so beschließen sie, sitzen zu bleiben und zu schauen, ob Abuu wieder zurückkommt. Sie legen die Arme um die Beine und graben die Füße in den Sand. Sie warten, bis der Wind kein Sandkorn mehr bewegt. Sie warten, bis die Sonne sich herabsenkt und den Horizont rot färbt. Sie warten, bis plötzlich eine dicke Wasserschlange weit hinten im Meer auftaucht. Sie reckt ihren langen Körper aus den Wellen und schwimmt direkt auf den Strand zu. Joscha und Marie kneifen die Augen zusammen: Die Schlange spuckt in hohem Bogen Wasser durch die Luft. Sie schnaubt und prustet außer Atem. Denn sie zieht etwas Schweres hinter sich her: eine kleine Insel. Eine kleine, graue Insel. Die Schlange

kommt näher und näher und als sie das Ufer schon bei-
nahe erreicht hat, steigt die graue Insel auf einmal aus
dem Wasser. Es sieht aus, als würde ein Felsen aus dem
Meer gehoben. Joscha und Marie können es nicht glauben: Die Schlange ist keine Schlange, sondern ein hoch-
gestreckter Rüssel. Und die Insel ist keine Insel, sondern
ein grauer Rücken. Ja, was da aus dem Wasser wächst,
ist ein Elefant! Ein Elefant, der durch ein Unwetter und
ein halbes Meer bis hierher geschwommen ist und trotzdem durch das flache Wasser auf Joscha und Marie zu-
stürmt, als gäbe es kein Halten mehr.

»Abuuuuuuuuu!« Die Füße von Joscha und Marie
sind längst nicht mehr im Sand vergraben, sondern ren-
nen durchs spritzende Wasser auf Abuu zu.

»Abuuuuuuuuuu!« Als sich die drei erreichen,
schlingen sie Arme und Rüssel umeinander, als wollten
sie sich nicht mehr loslassen. Und drei schwere Herzen
werden auf einen Schlag wieder leicht. Dann sprühen
und schleudern sie das Wasser in den Himmel, dass die
Regenbögen leuchten.

»Elefanten gehen doch unter wie Felsen! Elefanten können nicht schwimmen!«, ruft Marie. Ihre Stimme überschlägt sich.

»Natürlich können wir schwimmen!«, schnauft Abuu. »Wir sind Elefanten! Wir können sogar untertauchen und dabei mit dem Rüssel über Wasser atmen.« Er lässt sich in den heißen Sand fallen.

»Und die Krake? Wieso hat sie dich nicht nach unten gezogen?«, ruft Joscha und fragt sich, welches Wunder Abuu aus den Fängen der Krake befreit hat.

Da erzählt ihnen Abuu, dass er tief genug Luft geholt hat, bevor er ins Meer gestürzt ist. Und dass die Krake nicht bedacht hat, dass Elefanten voller Luft sich nicht in die Tiefsee ziehen lassen. Ein Elefant voller Luft treibt nämlich im Wasser wie ein Luftballon nach oben.

»Ich war der Krake zu leicht!«, posaunt Abuu. »Habt ihr gehört: zu leicht! Und zum Abschied habe ich ihr ein paar kitzelnde Luftbläschen unter die acht Arme geblasen, bis sie mich vor Lachen nicht mehr festhalten konnte. Dann bin ich so schnell wie möglich hinter euch hergeschwommen. Aber ihr wart schneller.«

Marie liegt auf Abuus Bauch und wünscht sich, dass dieser Augenblick nie endet. Aber Abuu wäre nicht Abuu, würde er sich nicht aufrappeln, um Marie und Joscha gleich wieder auf seinen Rücken zu setzen.

»Musst du dich nicht ausruhen?«, fragt Joscha.

»Ich ruhe mich erst aus, wenn ich bei meiner Familie bin!«, sagt Abuu und marschiert direkt auf die Stranddüne zu.

Einer Wüste kann man nicht trauen

Als sie die Spitze der Düne erreichen, merken sie, dass der Strand gar nicht aufhört. Er geht direkt in die Wüste über. Vor ihnen liegt nichts als Sand und Dünen und noch einmal Dünen und Sand.

»Eine Wüste durchquert man am besten bei Nacht«, erklärt Abuu. »Am Tag kann man ihr nicht trauen, sagt man. Am Tag führt sie jeden hinters Licht.«

Wie soll uns die Wüste am helllichten Tag hinters Licht führen?, fragt sich Marie.

Zum Glück ist dieser Tag zu Ende und die Nacht bricht langsam herein. Schon bald blinken die Sterne am Himmel.

»Sie zwinkern uns zu ...«, sagt Joscha und Marie zwinkert glücklich zurück.

Einen Nachthimmel wie diesen gibt es nur in der Wüste. Er ist prall gefüllt mit strahlenden Sternen. Fast kann man sie herunterpflücken. Und manche fallen wie reife Früchte einfach so zu Boden.

»Es sind doppelt so viele wie bei uns!«, ruft Marie.

»Und sie sind größer und heller …«, findet Joscha.

Der Anblick des Himmels ist zu schön, um ihn zu verschlafen. Es ist auch viel zu schön, wieder hoch oben auf Abuu zu schaukeln, ihrem wiedergefundenen Freund. So reiten sie mit offenen Augen durch die Nacht und streicheln Abuu über den warmen Rücken, bis schließlich auch die hellsten Sterne am Morgen allmählich verblassen.

Als die Sonne wieder scheint, liegt vor ihnen noch immer genauso viel Sand wie links und rechts und hinter ihnen.

»Diese Wüste ist zu groß, um sie in einer Nacht zu durchqueren«, stellt Abuu enttäuscht fest.

Die Sonne brennt schon jetzt wie Feuer auf ihren Köpfen. Nirgendwo gibt es einen Baum, nicht einmal einen vertrockneten Strauch, der Schatten spenden könnte. Die Wüste ist leer und staubig und auf dem Boden gibt es nichts als heißen Sand.

»Bei der nächsten Oase machen wir halt«, sagt Abuu.

»Wann kommt denn die nächste
Oase?«, fragt Marie. Ihr Mund ist schon
ganz ausgetrocknet und nichts wäre ihr
lieber, als in einen kühlen See in einer grünen Oase zu springen.

»Oasen sind zwar selten«, sagt Abuu, »aber
Elefanten wissen selbst in der Wüste, wo Wasser
zu finden ist.«

Und es dauert nicht lange, da streckt Abuu seinen Rüssel aus: »Dahinten ist schon eine Oase!«, trompetet er
aufgeregt und galoppiert die Düne hinab und die nächste Düne hinauf. Doch als er sie erklommen hat, ist die
Oase verschwunden.

»Eben war sie noch
hier! Ich bin mir sicher,
sie war hier!«, ruft Abuu. Er sieht sich nach allen Seiten
um und zeigt dann wieder in die Ferne, wo die heiße
Luft wie Wasser in der Sonne flimmert. »Jetzt ist sie
dahinten!«, ruft Abuu verwirrt. Er hastet über die
Dünen und wirbelt den staubigen Sand
auf. Doch so schnell er auch gelaufen
ist, wieder ist die Oase verschwunden, bevor er sie erreicht hat.

Am Mittag wird es noch schlimmer.
Jetzt zaubert Abuus heißer Kopf die
wundersamsten Dinge hervor. Während
Joscha und Marie schon wie vertrocknete
Früchtchen über seinem Rücken hängen, entdeckt
er Wassermelonen-Gärten. Wohin er sich auch wendet:
Überall wachsen Wassermelonen. Und Wassermelonen
liebt Abuu. Nur löst sich jede von ihnen in Luft auf,
wenn er auf sie zuläuft.

Das Einzige, was die drei im Sand schließlich finden,
sind Abuus eigene Spuren.

»Abuu! Wir laufen im Kreis!«, ruft Joscha entsetzt.

Abuu schaut nach hinten und wieder nach vorn. Und tatsächlich: hinten und vorne und vorne und hinten. Es sind dieselben Spuren. Abuu wischt sich über die Stirn. An klares Denken ist nicht mehr zu denken.

»Ab jetzt folge ich meinem Instinkt!«, beschließt er deshalb. Aber wenn man ein Leben lang im Zoo mit vollen Wassereimern versorgt wurde, bleibt von einem Instinkt nicht viel übrig. Der Instinkt sagt Abuu nur, dass er für einen Eimer voll Wasser zurück zum Zoo laufen müsste.

»Die Sonne ist links. Deshalb laufen wir nach rechts.

Denn von der Sonne weggehen ist gut«, sagt er aus lauter Verzweiflung, weil ihm nichts Besseres einfällt.

Vor ihm taucht bereits die nächste Oase auf. Wieder warten Melonen auf ihn und auch ein erfrischender Springbrunnen. Und neben dem Springbrunnen steht ein Kamel. Als er die Oase erreicht hat, sind Melonen und Springbrunnen verschwunden. Nur das Kamel steht weiterhin da.

»Jetzt bin ich tatsächlich verrückt geworden«, sagt Abuu. Denn in dieser verwirrenden Wüste glaubt er an nichts mehr, was wirklich da ist. Und ein Kamel, das nicht verschwindet und ganz und gar zu sehen ist, kann es hier nicht geben.

»Wieso verschwindest du nicht?«, fragt Abuu das Kamel, das sich nicht von der Stelle rührt.

»Warum sollte ich verschwinden?«, fragt das Kamel ruhig.

»Weil du nicht da bist!«, erklärt Abuu.

Das Kamel schaut an sich herunter.

»Aber ich bin doch da«, sagt es und wackelt zum Beweis mit seinen Höckern.

Auch Joscha und Marie sehen das Kamel. Es hat dicke Lippen und lächelt zufrieden.

»Mir scheint, ihr seid schon weit gereist«, sagt es und mustert die drei Fremden. Sie sehen ziemlich verdurstet

aus. »Man sollte die Wüste kennen, wenn man sie be-
tritt. Wollt ihr etwas trinken?« Hat das Kamel wirklich
»trinken« gesagt? Mit einem kurzen Kopfnicken lädt es
sie dazu ein, ihm auf die nächste Düne zu folgen. Und
Abuu läuft lieber schnell hinterher, bevor es sich doch
noch in Luft auflöst.

Beim Blick von der Düne ins nächste Tal läuft den
dreien dann fast das Wasser im Mund zusammen. Vor
ihnen liegt eine Oase, die wirklicher nicht sein könnte.
In ihrer Mitte glitzert ein klarer See und um ihn herum
wachsen kräftige Palmen, die saftige Datteln tragen.

Joscha und Marie springen von Abuus
Rücken in den weichen Sand und rutschen
und stolpern zum See hinunter und
Abuu stürmt hinterher. Am
Rand des Sees haben viele
Kamele ihre Mäuler ins Wasser
getunkt. Und auch wenn die
drei nicht glauben, dass der See
auch für ihren Durst reicht, können sie trinken, soviel sie wollen,
als sie an sein Ufer stürzen. Während sie schlürfen und saugen,
heben die Kamele ihre Köpfe
und wundern sich darüber,

wie viel Durst man
haben kann.

»Wenn ihr wollt, könnt ihr
uns folgen«, sagt das Kamel mit
den dicken Lippen, als kein Tropfen
mehr in irgendeinen Bauch passt. »Den
Weg durch die Wüste kennen nur wir.«

Und so kommt es, dass eine lange Karawane aus
gut dreißig Kamelen und einem Elefanten durch
die Wüste zieht. Auf den Kamelen wackeln die
Höcker und auf Abuu schaukeln Joscha
und Marie.

Als die Wüste zu Gras wird und
das Gras zu Büschen, trennen
sich ihre Wege.

»Wohin wollt ihr weiterreisen?«, fragt das Kamel.

»Zur Elefantensavanne«, antwortet Joscha. »Dahin, wo die Löwen jagen und die Flusspferde durchs Wasser reiten und wo Abuus Familie lebt.«

»Zur Elefantensavanne?«, sagt das Kamel. »Dann müsst ihr durch den Dschungel. Das ist der kürzeste Weg, heißt es.«

Zum Abschied wedeln die Kamele mit ihren kurzen Schwänzen und ziehen zurück in ihre Wüste. Joscha und Marie winken ihnen nach und Abuu stapft in die Richtung, die ihm die Kamele gezeigt haben.

Nach einer Weile werden die Büsche zu kleinen Bäumen und die kleinen Bäume zu großen. Dann werden die großen Bäume noch größer. Als Abuu, Joscha und Marie schließlich in den dichten, riesenhaften Dschungel eintauchen, könnte man meinen, sie alle drei seien geschrumpft.

Im Dschungel spricht sich schnell herum, wenn etwas Sonderbares passiert

In einem Dschungel kommt man nicht leicht voran. Abuu muss dicke Farnwedel zur Seite biegen und sich Lianen und Blätter aus dem Gesicht wischen, um überhaupt etwas zu sehen. Die Blumen wachsen hier so hoch wie Bäume. Und die Bäume wachsen jetzt so hoch, dass Joscha glaubt, Marie und er müssten sich dreißigmal übereinander auf die Schultern steigen, um die Wipfel zu erreichen.

»Marie! Guck dir die Bäume an!«, sagt er.

Aber Marie kann vor lauter Hören nichts sehen. Aus dem Dickicht kommen die seltsamsten Rufe. Es klingt, als würden sich Affen durchkitzeln und als hätten Vögel Schluckauf und als würden Frösche rülpsen. Das Unterholz knistert und es kracht in den Baumwipfeln.

Es ist fast unheimlich. Es gibt so viele Geräusche, doch von den Tieren sieht man nichts. So scheint es jedenfalls Marie. Erst nach einer Weile entdeckt sie plötzlich die Tieraugen. Sie starren durch Astlöcher hindurch oder lugen hinter den Schirmen der Pilze hervor oder gucken durch hauchdünne Blätter. Denn im Dschungel spricht sich schnell herum, wenn etwas Sonderbares passiert. Und zwei Halbaffen auf einem Elefanten, das ist unglaublich sonderbar. Deshalb schreien die Schimpansen die Nachricht von Baum zu Baum, die Vögel kreischen sie bis zum Ende des Dschungels und die Glühwürmchen geben Leuchtzeichen bis in die dunkelsten Winkel.

»Joscha, es werden immer mehr Augen ...«, flüstert Marie. Sie leuchten gelb oder grün, sind glubschig, kreisrund oder zu schmalen Schlitzen zusammengekniffen. Manche Augenlider klappen von unten nach oben zu, andere sind dick und schuppig.

Joscha hat einmal gelesen, dass es in einem Dschungel so viele verschiedene Tiere gibt wie nirgendwo sonst auf der Welt. Auf einem einzigen Baum können mehr Tiere wimmeln als Menschen in einer Stadt. Und während es im Laub immer lauter raschelt, kann er es kaum abwarten, sie alle zu sehen. Aber wie soll man jemanden zu Gesicht bekommen, der sich so unsichtbar macht?

»Abuu, lauf auf die Lichtung da vorne!«, flüstert Joscha.

Auf einer Lichtung gibt es keine Verstecke. Niemand kann sich im Unterholz verkriechen oder sich hinter Baumstämmen verbergen. Als Abuu jetzt auf die große Lichtung tritt, hat Joscha das Gefühl, alle Tiere dieser Erde würden sich zur gleichen Zeit zwischen den Bäumen hervordrängen. Sie hüpfen, flattern, stapfen oder kriechen. Sie schillern in den verschiedensten Farben. Sie sehen aus wie ein Blatt oder ein Stück Rinde oder noch viel eigenartiger. Manche sind so groß wie ein Gorilla, andere so klein wie eine Blattschneide-Ameise.

Es dauert nicht lange, da ist die Lichtung so voll, dass

die kleinen Tiere auf die großen kriechen und krabbeln müssen und die großen sich auf die Zehen und Klauen stellen, um die Fremden auf dem Elefantenrücken besser sehen zu können. Überall wird geglotzt und gegafft.

Die Schimpansen sind die Ersten, die sich trauen, die Fremden anzufassen. Sie strecken ihre langen Arme aus und zupfen an Joscha und Marie herum. Sie popeln in Joschas Nase, zerren ihm die Hose herunter und starren auf seinen nackten Po. Kein Affenschwanz ist an ihm zu sehen und noch nicht einmal ein bisschen Fell. Dann durchwühlen sie Maries Haare mit ihren dünnen Fingern. Affenfinger fühlen sich zart an. Wie feines Leder.

Viel zarter als Menschenfinger, findet
Marie. Und ganz anders als die klebrige
Zunge, die ein Chamäleon nach ihr aus-
streckt.

»Lass das!«, ruft Marie dem Chamäleon zu
und wischt sich die Zunge von der Wange.
Das Chamäleon wechselt vor Schreck die Farbe und ist nicht mehr zu sehen.

Marie könnte sich die ganze Zeit schütteln und
jucken und kratzen. Ameisen vermessen sie von
unten bis oben und ein borstiger Käfer steckt seine
neugierigen Fühler kitzlig in ihr Ohr.

Es lassen sich so viele Tiere auf Joscha
und Marie nieder oder grabschen und
greifen nach ihnen, dass die beiden
kaum mehr zu sehen sind. Das neu-
gierige Summen und Tuscheln auf
der Lichtung wird lauter und immer lauter, weil es so viel zu be-
summen und zu betuscheln gibt.

Erst der Gorilla bringt alle wieder
zum Schweigen. Er trommelt sich

auf die Brust, bis der Dschungel den Atem anhält und sogar die Grillen verstummen. Er trommelt, bis keiner mehr einen Flügelschlag wagt und jedes Tier auf der Lichtung vor ihm zurückweicht. Dann stellt er sich breitbeinig vor Joscha und Marie, damit es keinen Zweifel gibt, wer in der Runde der Stärkste ist.

»Was will er von uns?«, fragt Marie in die unheimliche Stille hinein.

»Ihr müsst euch vor ihm beweisen«, raunt Abuu. »Ihr müsst ihm zeigen, was ihr könnt!«

Aber wie beweist man einem Gorilla, dass man *auch* etwas kann? Er selbst ist stärker, die Schimpansen klettern höher und die Vögel singen schöner.

»Wir könnten ihm eine Geschichte erzählen …«, sagt Joscha. Denn Joscha und Marie erzählen zusammen Geschichten, wie niemand sonst sie erzählt.

Und so rutschen sie Abuus Rüssel hinunter und erzählen mit Händen, Füßen, Fingern und Zehen und allem, was sie bewegen können, ihre Geschichte. Die Geschichte vom Elefanten, der aus dem Zoo ausbricht, um seine Familie endlich zu sehen. Dem kein Gebirge zu hoch ist und kein Fluss zu lang. Der im Meer verloren geht und trotzdem wieder auftaucht. Den selbst die listige Wüste von seinem Weg nicht abbringen kann. Als Joscha und Marie die Krake mit den acht Armen nachmachen und ihre Lider zu Schlitzen verziehen, werden die Augen der Tiere noch größer. So eine Geschichte hat man im Dschungel bisher nie zu

hören oder zu sehen bekommen. Die Schimpansen kreischen, die Schlangen fallen sprachlos von den Bäumen und das Chamäleon schnalzt laut mit seiner klebrigen Zunge.

Joschas und Maries Geschichte endet schließlich damit, dass der Elefant auf eine Lichtung im Dschungel tritt. Und der Gorilla erkennt als Erster, dass es sich um die Lichtung handelt, auf der sie gerade stehen. Er trommelt sich gerührt auf die Brust. Denn ein Gorilla-Mann weiß, wie es ist, eine Familie zu suchen und alleine durchs Dickicht zu streifen. Er nimmt Abuu beim Rüssel und zieht ihn hinter sich her und bricht sich seine Bahn durch den Dschungel. Auch ein Elefant braucht eine Familie, denkt er sich. Die Elefantensavanne kennt er zwar nicht, aber er weiß, wo der Dschungel aufhört und das trockene Land beginnt. Die Affen tragen Joscha und Marie auf den Händen hinterher und alle anderen Tiere folgen in einer langen Reihe.

Als der Dschungel sich lichtet, bleiben die ersten Tiere zurück. Zunächst die kleinen, dann die größeren. Alle verkriechen sich oder klettern die Bäume hinauf. Dann traut sich selbst der Gorilla nicht weiter und zeigt den Weg nur noch mit dem Finger. Denn jeder von ihnen hat einmal gehört: Da, wo der Dschungel endet, beginnt das Reich von Jawaad.

Der König von Afrika

Je weiter sich Abuu, Joscha und Marie vom Dschungel entfernen, desto stiller wird es um sie herum. Bald gibt es kaum noch ein Geräusch. Nur die Heuschrecken reiben ihre Beine zirpend aneinander und die Sonne knistert im trockenen Gras.

Das Gras reicht Abuu bis zum Bauchnabel und hin und wieder steckt er sich schmatzend ein Büschel gelber Grashalme in den Mund. Dann hält er plötzlich inne und tastet mit seinem Rüssel durch die Luft.

»Was ist los?«, fragt Joscha.

»Ich glaube, wir sind nicht alleine …«, flüstert Abuu. »Es riecht, als wären wir mindestens zu viert.« Und für einen Augenblick scheint es, als würde das hohe Gras zittern, weil jemand durch es hindurchschleicht.

»Ich glaube, wir werden beobachtet …«, raunt Abuu.

»Von wem denn?«, flüstert Marie. Und hätte Abuu

die Geschichten über seine Urgroßmutter nicht nur erzählt bekommen, sondern selbst miterlebt, dann würde er wohl ahnen, wer hier im Gras auf sie lauert.

»Das ist schwer zu sagen …«, flüstert er und hält den Rüssel noch höher. »Ein Zebra ist es nicht. Ich würde auch sagen, es ist kein Stinktier. Vielleicht ist es ein …«

Weiter kann Abuu nicht raten, denn vor ihm springt ein Löwe mit einem weiten Satz aus seinem Versteck. Er reißt sein Maul auf und brüllt und seine Zähne blitzen in der Sonne.

»Ich bin Jawaad!!«, brüllt der Löwe. »Ich bin der König von Afrika!!« Er schüttelt seine goldene Mähne und fährt seine scharfen Krallen aus. »Verbeugt euch vor mir!!«

Joscha und Marie würden sich auf der Stelle verbeugen. Aber sie können sich vor Angst nicht rühren. Und Abuu denkt nicht daran, sein stolzes Haupt vor einem Löwen zu senken.

»Ich sage es noch *ein* Mal!!«, brüllt Jawaad und kommt ihnen gefährlich nahe. »Verbeugt euch vor mir!!«

»Wenn du der König von Afrika bist«, trompetet Abuu von oben herab, »dann kannst du uns sicher sagen, wo Afrika überhaupt liegt! Genau da wollen wir nämlich hin!«

Jawaad kneift seine Augen zusammen.

»Was glaubst du, wo ihr seid, du dämlicher Elefant!«, brüllt er. »Du stehst in meinem Reich. Und mein Reich ist nicht kleiner als das große Afrika! Um es genau zu sagen: Mein Reich *ist* Afrika!«

Da muss Abuu erst einmal schlucken. Er blickt nach links und blickt nach rechts. Könnte das die Savanne sein? Sie ist unendlich weit und geht direkt in den Him-

mel über. So hat es ihm seine Mutter gesagt. Und tatsächlich: Das trockene Gras wächst bis zum Horizont und in den Himmel hinein.

»Ist das hier wirklich ... ist das Afrika ...«, stammelt Abuu und beißt sich beschämt auf die Lippe, weil er seine Heimat nicht erkennt. Er hält den Rüssel in den Wind. Erst jetzt bemerkt Abuu, wie würzig die warme Luft riecht. Sie duftet nach Kakteen und Flammenbaumblüten und nach dampfenden Büffelherden und feinem Antilopenfell.

»Af... Afrika ...«, stottert Abuu und schaut über die Ebene. Ein Fluss schlängelt sich durch sie hindurch. Er scheint kein Ende zu haben. Genau wie seine Mutter es ihm immer beschrieben hat. »Leben denn hier ... leben denn hier auch die Elefanten?«, fragt Abuu.

»Aber jaaaaaa«, knurrt Jawaad und seine Augen funkeln listig. Dieser dämliche Elefant,

der nicht einmal
weiß, wo Elefan-
ten leben, könnte
ihm vielleicht sein safti-
ges Gepäck herausgeben.
Er schielt auf Joscha und
Marie. Dann brüllt er einmal kräftig und ein ganzes Löwenrudel taucht
aus dem hohen Gras auf, um Abuu den Weg
zu versperren.

»Du willst also zu den Elefanten …«, faucht Jawaad.
»Dann musst du an uns vorbei, wie du siehst. Was
kannst du uns denn bieten?« Er schleicht um Abuu herum. »Deine Ohren möchte ich nicht haben. Die sind
mir zu trocken. Deinen haarigen Rüssel kannst du be-
halten. Wie wäre es denn mit deinem Gepäck? Jaaaaaa.
Gib mir die beiden da oben heraus, dann lasse ich dich
ziehen …«

Da senkt Abuu seinen schweren Kopf und schaut Jawaad direkt in die Augen.

»Weißt du, was die Löwen im Zoo von den Löwen der
Wildnis sagen?«, fragt Abuu mit seiner tiefen Stimme,
die vor Wut bedrohlich zittert. »Sie sagen, sie seien die
Stärksten der Welt.«

»Das sind wir auch!!«, brüllt Jawaad ungehalten.

»Euch sollen nicht nur Erdmännchen, sondern auch junge Zebras zu klein sein.«

»So ist das auch!!« Die Löwen stolzieren auf und ab.

»Aber auf meinem Rücken sitzen die kleinsten Menschen, die je auf meinem Rücken saßen. Sind die für echte Löwen und ihren Löwenhunger nicht viel zu klein?«

Jawaads Augen sind nur noch schmale Schlitze. Vielleicht ist dieser Elefant doch nicht so dämlich wie gedacht. Und Jawaad erinnert sich an die Erzählung seines Vaters, dem auch einmal ein Elefant, der viel zu viele Worte machte, in die Quere gekommen war. Ein Elefant mit Mammutzähnen am Ausgang einer engen Schlucht. Mit Elefanten sollte man lieber nicht reden, denkt sich

Jawaad jetzt. Und wäre Abuu ein bisschen kleiner oder wenigstens krank, würde Jawaad ihn am liebsten auf der Stelle in der Luft zerreißen.

Doch Abuu fühlt sich stärker denn je.

»Lasst mich vorbei! Meine Familie erwartet mich!«, trompetet er so kräftig, dass Jawaads Mähne zerzaust.

»Gib mir wenigstens ein kleines bisschen von ihnen, vielleicht einen kleinen Bissen heraus!«, knurrt Jawaad.

»Geh mir aus den Augen!«, trompetet Abuu und schiebt Jawaad mit seinen Stoßzähnen vor sich her.

Nein, mit Elefanten habe ich kein Glück, erkennt Jawaad. »Kommt!«, faucht er seinem Rudel wütend zu. »Dann gehen wir eben Büffel jagen!«

Nicht schon wieder starke Büffel, denken sich die Löwen. Aber es bleibt ihnen nichts anderes übrig und sie schleichen mit knurrenden Mägen hinter Jawaad durchs Gras davon.

Jeder braucht seine Familie

Und so kommt es, dass Abuu mit stolzen Schritten in seine wahre Heimat läuft: die unendliche Savanne. Sie bietet so viel Platz, dass Giraffen trotz ihrer langen Hälse die Gnu-Herden nicht sehen und die Gnu-Herden tagelang umherziehen, ohne Nashörnern zu begegnen.

Am Himmel kreisen Geier und Adler. Und Joscha und Marie stellen sich vor, wie es wäre, über die Ebene zu fliegen. Sie würden Büffel von oben zählen oder Hyänen im Sturzflug vertreiben. Sie würden junge Zebras warnen, wenn Löwen auf sie lauern. Als Erstes aber würden sie nach den Elefanten suchen.

»Wo könnte deine Familie denn sein?«, fragt Marie Abuu.

»Ich weiß es nicht …. ich kann sie noch nicht einmal riechen …«, sagt Abuu.

Sein Rüssel schnuppert aufgeregt über den Boden und

untersucht jede einzelne Spur. Aber es sind nur Hufab-
drucke und ein paar Tatzenfährten zu finden.

Immer wieder posaunt Abuu einen Elefantengruß in
die Savanne hinaus. Auch Joscha und Marie blasen und
trompeten ohrenbetäubend und schräg und stellen sich
auf Abuus Rücken, um so vielleicht noch besser in der
Ferne zu hören zu sein. Sie trompeten, bis die Echsen
in ihren Löchern verschwinden und die Erdmännchen
unter die Erde fliehen.

Und dann beginnt der Boden zu zittern. Erst ist es ein
leichtes Vibrieren, das Abuu an den Füßen kitzelt. Kurz
darauf hüpfen die Sandkörner wie Flöhe auf und ab und
wenig später sogar die Steine. Es sieht aus, als würden
sie auf dem Boden tanzen. Marie setzt sich lieber schnell
wieder hin, bevor sie durch das Schütteln und Rütteln
noch von Abuus Rücken fällt.

Dann wird es plötzlich dunkel. Am Horizont steigt
eine dichte Staubwolke vom Boden bis zur Sonne auf
und verdeckt das Sonnenlicht. Sie wird immer dicker
und dichter und kommt dröhnend
und bebend auf sie zu.

»Joscha! Was ist das?!«,
kreischt Marie.

Ist das ein Wirbelsturm, der den Staub aufwirbelt und ihn über die Savanne treibt? Oder ein Orkan, der sie gleich wie Staubkörner davonblasen wird? Marie versteckt sich hinter Joscha, Joscha verdeckt sein Gesicht mit den Händen. Und Abuu vergisst vor Schreck zu fliehen.

Doch als die Wolke die drei erreicht, fegt sie nicht über sie hinweg und reißt sie auch nicht wie Staubkörner mit sich. Kaum weiter als zwei Bocksprünge entfernt hält sie plötzlich inne und das Dröhnen und Beben verklingt. Der Staub sinkt langsam zu Boden und wie aus einem gelben Nebel tauchen riesige Ohren, schwere Köpfe, stampfende Beine und schwingende Rüssel vor ihnen auf.

Abuu denkt erst, es sei ein Traum. Aber je weniger Staub in der Luft liegt, desto deutlicher sind die wilden Elefanten zu erkennen, die unruhig auf den Boden stampfen. An der Spitze der Herde steht eine graue Gigantin. Sie ist zwei Köpfe größer als Abuu und schaut forschend auf ihn herab. Ihre Stoßzähne sind länger als die eines Mammuts und ihre Augen so klein und weise, dass Abuu seinen Blick ehrfürchtig senkt. Sie schnaubt die letzten Staubkörner beiseite, dann betastet sie Abuus Stirn mit ihrem weichen Rüsselmund. Sie berührt seine Augenlider, befühlt die Ränder seiner Ohren und fährt über die Falten seiner Haut.

»Wer bist du?«, fragt sie mit einer ruhigen, majestätischen Stimme. Ihr Rüssel gleitet weiter über Abuus Rücken und dann über Joscha und Marie hinweg, als würden sie wie selbstverständlich zu Abuu gehören.

»Du riechst nach Mensch und Tier zugleich …«, sagt die Gigantin. »Du bist nicht einer von uns … Du kommst nicht von hier. Was suchst du in der Wildnis?«

»Ich … ich bin Abuu …«, bringt Abuu hervor. Er wagt kaum aufzuschauen. »Ich bin der Sohn meiner Mutter und meine Mutter ist die Tochter ihrer Mutter. Und die Mutter ihrer Mutter ist meine Urgroßmutter.

Sie soll Stoßzähne haben wie ein Mammut, aber kämpfen muss sie nicht. Dafür ist sie viel zu weise. Sie hat ein Gedächtnis, das nichts vergisst. Sie würde jeden aus ihrer Familie blind am Schwanz erkennen. Dabei ist ihre Familie sehr groß. Sie hat eine große Großfamilie. Und sie lässt sie nie im Stich.« Abuu holt einmal tief Luft. »Kennst du diese Elefantin? Kennst du meine Urgroßmutter? Ich bin sehr weit gelaufen, um sie und meine Familie zu finden.«

Die graue Gigantin schließt ihre Augen und ruft sich jeden Elefanten in ihr scharfes Gedächtnis, der ihr je begegnet ist. Einer nach dem anderen zieht in ihrer Erinnerung vorbei. Aber ihr fällt nur *eine* Elefantin ein, die Abuus Beschreibung entspricht: Und, bei aller Bescheidenheit, das ist sie selbst. Sie schlägt beunruhigt die Augen auf. Sollte das wirklich ihr Urenkel sein? Wieso kann sie ihn dann nicht erkennen?

Noch einmal betastet sie Abuus Stirn. Doch sosehr sie sich auch bemüht, an ihn erinnern kann sie sich nicht.

»Du riechst wie ein Fremder. Du riechst wie die Stadtelefanten riechen, die für ein paar Süßigkeiten Menschen in die Wildnis tragen oder die im Zirkus auf Bällen laufen«, brummt sie.

»Ich bin in einem Zoo geboren«, sagt Abuu aufgebracht. »Aber meine Mutter war doch meine Mutter! Und die hat Afrika gekannt. Sie hat mir alles von hier erzählt. Von meiner Urgroßmutter und auch von Harun und Susu und Adumadan und Chililabombwe …«

Je mehr Namen Abuu nennt, desto unruhiger wird die Herde. Die Rüssel schwingen auf und ab und die Mahlzähne knirschen aufeinander.

»Ich gehöre nicht in den Zoo!«, ruft Abuu dann, auch

wenn er nicht mehr weiß, wohin er eigentlich gehört. Vielleicht passt ein Elefant, der nach Zoo und Menschen riecht, gar nicht in die Wildnis. Nur eines weiß er genau: »Ich gehöre zu meiner Familie!«, trompetet er mit einer solchen Bestimmtheit, dass sogar die Gigantin vor ihm zurückweicht.

Und weil ein weiser Elefant niemals glaubt, alles selbst zu wissen, wendet sie sich der Herde zu: »Dann wird die Familie entscheiden, ob du zu ihr gehörst«, sagt sie.

Und so kommen sie alle näher heran, um Abuu mit den Rüsseln zu betasten. Es wird geschnüffelt, gestupst und gezogen, gegrabscht, gestreichelt und gezerrt. Und inmitten der tastenden Rüssel sitzen Joscha und Marie. Sie glauben, Harun zu erkennen, der seine stolze Stirn an Abuus Kopf drückt, um seine Kraft mit ihm zu messen. Ein faltiger alter Elefant redet vor Aufregung in einem fort, während er an Abuus Ohrläppchen zupft. Vielleicht ist das Tante Susu. Und eine hübsche, silbergraue Elefantin schlingt ihren Rüssel um den von Abuu und könnte Adumadan sein.

Je länger sie alle Abuu berühren, desto liebevoller werden sie. Denn nach und nach glaubt jeder von ihnen, ein bisschen Verwandtschaft herauszuriechen oder zu erfühlen. Und je länger sie Abuu

umrüsseln und sich an ihn schmiegen, desto mehr riecht Abuu nach ihnen, nach einem wahren, wilden Elefanten.

Abuu ist überwältigt. Er kommt kaum hinterher, in all die freundlichen Augen zu schauen und die warmen Blicke zu erwidern, die ihm ringsum begegnen.

Dann stampft die Gigantin auf den Boden und lässt das Land erzittern.

»Du bist ein stolzer Elefant!«, sagt sie ernst zu Abuu. »Du lässt dir nichts gefallen. Du hast dem Zoo den Rücken gekehrt und dich für die Wildnis entschieden.«

Sie schweigt für einen Moment und die ganze Savanne ist still. »Wer solchen Mut beweist«, sagt sie dann, »scheint zu uns zu gehören … Doch eines möchte ich von dir noch wissen.« Sie senkt ihren Kopf zu Abuu herab. »Wie lautet der Name deiner Mutter?«

Abuu zieht den Rüssel ein. »Obuya …«, flüstert er.

Und auf der Stelle durchzuckt der Name das Gedächtnis der Gigantin. An ihre Enkelin Obuya kann sie sich sehr gut erinnern. An Obuya, die sie nicht beschützen konnte und die von den Menschen entführt wurde. Und niemand wusste wohin.

Die Gigantin legt ihren Rüssel um Abuus Hals und zieht ihn sanft zu sich heran. »Wenn du der Sohn von Obuya bist, solltest du mein Urenkel sein! Niemand soll dich jemals in den Zoo zurückholen. Dafür werde ich sorgen. Von heute an gehörst du zu uns! Das hat deine Familie entschieden.«

Abuus großes Herz schlägt so laut, dass man es fast hören kann.

»Und jetzt …«, sagt seine Urgroßmutter und schaut auf einmal auf Joscha und Marie, als

seien sie nicht mehr ein Teil von Abuu, sondern zwei Menschenkinder auf einem Elefantenrücken, »... jetzt sag mir, wen du uns mitgebracht hast.«

»Das sind Joscha und Marie!«, ruft Abuu.

»Wieso trägst du sie bei dir?«, will seine Urgroßmutter wissen.

Und da berichtet Abuu, dass Joscha sich mit der Welt auskennt und Marie die wachsamsten Fragen stellt. Dass er ohne diese beiden seinen Weg niemals gefunden hätte. Dass sie die Weltkugel lesen und ein Floß bauen können. Dass sie die wundervollsten Erzähler sind und jeden mit ihren Geschichten verzaubern. Dass Joscha der Bruder von Marie und Marie die Schwester von Joscha ist und dass sie auch für ihn wie Bruder und Schwester geworden sind.

Selten haben die Elefanten so viel Gutes über Menschen gehört. Noch einmal stampft die Urgroßmutter gewaltig auf den Boden und wendet sich den beiden zu.

»Wie mir scheint, seid ihr nicht weniger mutig als Elefanten. Ihr habt nicht weniger Herz als wir.« Sie streicht Joscha und Marie über den Kopf und spricht dann aus, was sie noch nie zu Menschen gesagt hat: »Wenn ihr wollt, könnt ihr uns begleiten. Ihr sollt unsere Freunde sein.«

Und so kommt es, dass Joscha und Marie auf Abuus Rücken inmitten der Elefantenfamilie dem Sonnenuntergang entgegenreiten. Die Elefanten halten sich am Schwanz oder beim Rüssel und Abuu erzählt den Cou-

sinen und Cousins und Großmüttern und Tanten von seinem seltsamen Leben im Zoo und der unvorstellbaren Reise bis zu ihnen nach Afrika.

Joscha und Marie schauen auf die vielen Elefantenrücken und spüren ganz deutlich, wie schön es ist, eine Familie zu haben. Wie schön es ist, wenn man weiß, wohin man gehört.

Je tiefer die Sonne sinkt, desto mehr müssen sie an zu Hause denken. Die seltsamsten Dinge kommen ihnen in den Sinn: das Knarzen der Dielen im Flur, das beruhigende Plätschern des Brunnens im Garten, das leise Ticken des Weckers und der Geruch ihrer weichen Bettwäsche. Sie hätten gar nicht gedacht, dass man aus dieser fernen Ferne sogar die kleinsten Kleinigkeiten so vermissen kann.

Dann hören sie auf einmal zwei vertraute Stimmen. Die Stimmen der Eltern im Wohnzimmer. Sie klingen ganz warm und nah. Und Marie bekommt die größte Sehnsucht.

»Joscha, wie kommen wir eigentlich wieder zurück nach Hause?«, flüstert sie.

»Vielleicht, indem wir einschlafen und morgen zu
Hause aufwachen …«, sagt Joscha.

Er zieht den Vorhang vors Fenster und das
Licht des Mondes und die Schatten des
Baumes an der Wand sind nicht mehr
zu sehen. Marie fährt in ihrem Bett
hoch. Sie kann auf einmal nicht mehr
sagen, wo sie eigentlich ist. Sitzt sie
noch auf Abuus Rücken oder schon in
ihrem Bett? Ist es der Sturm im Garten,
der die Fensterscheibe erzittern lässt,
oder sind es die stampfenden Elefanten? Und wenn sie zu Hause sein sollte, was ist dann mit Abuu?

»Aber Abuu?!«, ruft sie aufgebracht.
»Was ist mit ihm?! Wir können ihn
doch nicht einfach alleine lassen!«

Ja, wie verabschiedet man sich von

einem Freund, den man zu lieb gewonnen hat, um sich von ihm verabschieden zu wollen?

»Wir sagen ihm nur Auf Wiedersehen«, flüstert Joscha.

»Und wann sehen wir ihn wieder?«, fragt Marie.

»Morgen Abend …«, schlägt Joscha vor.

Bis morgen Abend kann sie gerade eben noch warten, denkt sich Marie.

Und so beugen sie sich noch einmal zu Abuus Ohr hinunter.

»Gute Nacht, Abuu«, flüstern sie. »Wir müssen kurz nach Hause. Aber morgen Abend sind wir zurück!«

»Gut, gut! Gute Nacht«, sagt Abuu, der gerade von See-Elefanten und Kraken in der Tiefsee erzählt und ganz bei seiner Familie ist. »Bis morgen! Ich freue mich auf euch!«

Dann zieht Marie beruhigt ihre duftende Decke bis über die Nase und Joscha versinkt in seinem Kissen.

Und während sie im Traum mit Abuu und seiner Familie weiter durch die Savanne reiten, drücken ihre Eltern ihnen zwei Küsse auf die Stirn. Sie sind ganz zart und weich, wie die von Elefantenrüsseln.

EINE PHANTASTISCHE WELT VOLL COWBOYS, INDIANER, DINOSAURIER & RIESEN

Oliver Scherz

Wenn der geheime Park erwacht, nehmt euch vor Schabalu in Acht

144 Seiten · Gebunden
ISBN 978-3-522-18445-8

Wie still und verwunschen es hier ist! Mo und seine Geschwister Kaja und Jonathan haben richtig Gänsehaut, als sie in den verlassenen Vergnügungspark klettern. Um sie herum leere Schießbuden, ein zugewuchertes Karussell und ein altes Riesenrad. Da erwacht der ganze Park plötzlich zum Leben. Dinosaurier, Indianer, Wahrsager und Riesen tauchen auf.
Und in der Ferne leuchtet ein Schloss. Magisch zieht es die Geschwister an. Denn in dem Schloss lebt der große Schabalu. Und der verdreht allen den Kopf ...